水在岛中央

李停 著

上海文艺出版社

嘈杂的世界毫无防备地跌入巨大的寂静中，正如我毫无防备地跌入了回忆之海。

孩子的身体是那么柔软,能以大人难以想象的姿势钻进小小的洞穴。孩子的心灵也是如此,为了适应环境能轻易变形。

育儿,"育"是谓语,"儿"是宾语,最重要的主语,你们怎么不提?

全部的世界和全部的答案都写在妈妈的脸上。

我用语言包裹的针去刺她,是因为我希望她别靠近我,别看到我的虚弱,别为我哭,她已经哭得够多了。

不要貌似聪明地推开她,
哪怕笨拙地拥抱她。

没有人能逼一个那么痛苦的人
站起来继续受罚,除了我。

目录

第一部 1

第二部 87

第三部 199

藏了又藏的小小的心 305

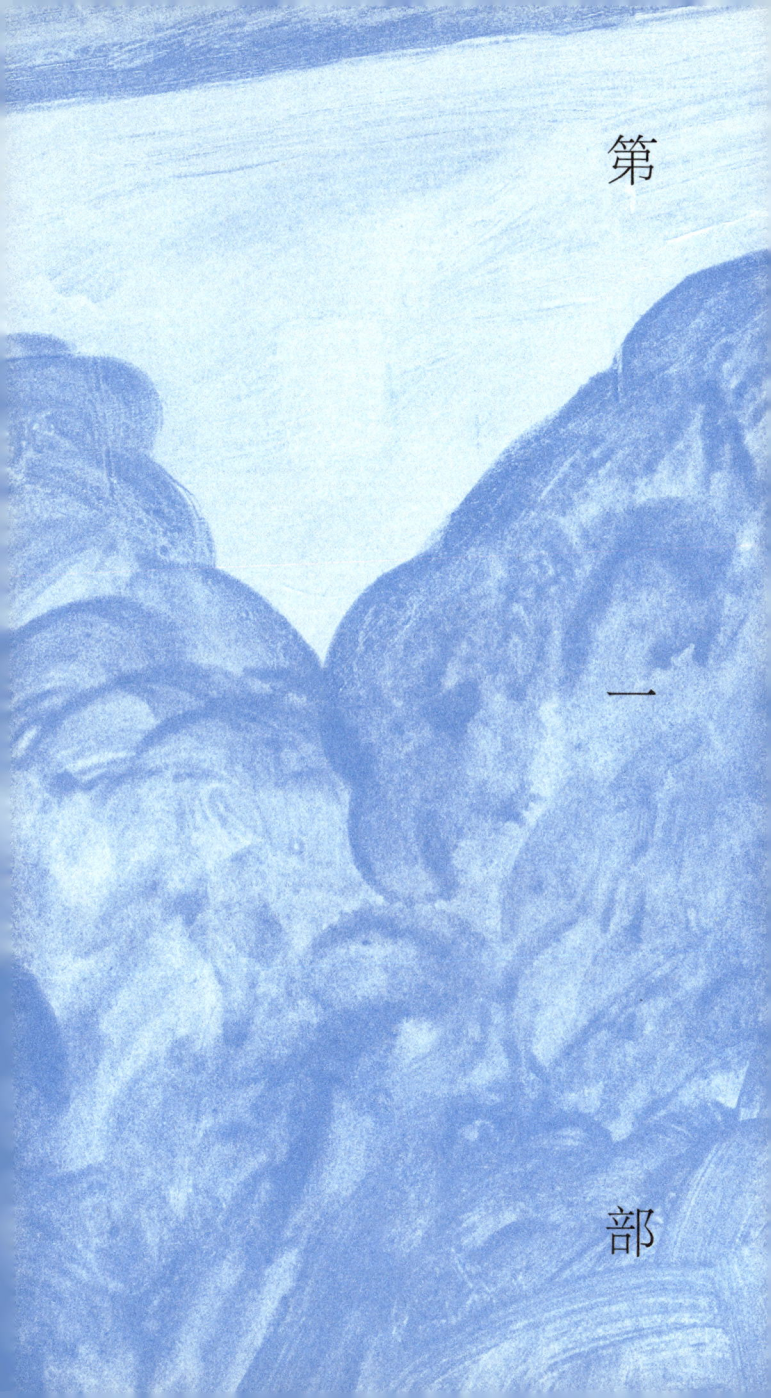

第一部

一

把"养老院"的门牌换成"儿童院",只花了不到一个小时。花花绿绿的玩具、充气蹦床将一件件替换掉按摩座椅、复健机械。

电视台对整个过程进行了报道,解说员的声音比电钻还要高亢。

"一切都是为了孩子,我们的未来!"

话是真理,我举双手赞成——可我不曾想到这与自己有关,我只是一个在养老院安静度日的老年人罢了。

直到一年前的那场演讲改变了一切。

去年夏天的一天,我们和往常一样,在食堂吃晚饭。

我和两个老太太并坐一排。起初,我们都没有留意电视的内容,而是在谈豆角的做法。

"今天的豆角有点老了,嫩豆角好吃呢。"一个老太太说。

"嫩豆角用热水一焯,拌点芝麻碎,可香呢。"另外一个老太太说。

我也笑着说了几句后,突然发现包括护工在内的好几个人,正盯着吊挂在东南角的电视,表情像是看到了什么爆炸新闻。

难道是地震?我也朝电视那边看过去。

"各位,请仔细想想,建设和决定我们的未来的到底是谁?是正在安享晚年的老年人,还是正在成长甚至还未出生的孩子?而我们现在又把大部分财政用在哪里?我们还有未来吗?"

电视上,一个打扮干练的年轻学者正在直播演讲。台下坐的全是老年人,还有机器护工,和我们这里一样,那里也是养老院。

台下一片混乱,一位银发老人颤抖着问他:"那你是想让我们快点消失吗?"

所有目光都聚焦在他身上,他镇定地回答:"我不会说请你们消失,但至少请你们理解,社会的重心应该放在年轻人和孩子身上。他们才是我们的未来。如果年轻人都不愿意生孩子,我们还有未来吗?"

在场的老人们陷入沉思,我们这些在电视前收看直播的老人开始窃窃私语。

坐在我旁边的两个老太太,一个很气愤,说这种人的话不值得听,另外一个则有点悲伤的样子。

我没有参与大家的议论,因为我没法和他们说实话,说我其实理解那个学者的意思,而且我怀疑不管是谁,都懂他想说的是什么。

越来越低的生育率已经改变了我们的生活,不论在哪个领域,人手不足、缺乏新生力量都是现实问题。不光他们,连我们这些老年人也一样受影响。十年前只有少数养老院使用机器护工,而且只是用于辅助,这几年青壮年护工越来越稀缺,绝大多数养老院都依赖机器护工的劳动。

谁都知道,最缺的就是人。我们想尽办法让机器发挥最大功效。养老院的后厨都没有人了,是机器流水线在二十四小时不停歇、不抱怨地工作。只要按下菜单上的一个按钮,就能做出每天一样的、安定的味道。

出生人口一再减少,过去这些年,我们不知道尝试了多少种鼓励政策,就为了提高生育率。

现在能试的都试过了,轮到从老年人的福利里拨款了——就像以前从其他群体的经费里拨款一样。我们以前不讨论这些,只是因为我们不属于那些群体。

那晚我们草草吃完了饭,被护工推回了各自的房间。

晚饭后到睡觉前的这段时间总是很漫长,日班的护工已经回家了,一天的集体活动也已经全部结束。我躺在床上,看着窗外的大橘子树,回想着那个年轻学者的演讲。

他无非是想说,为了鼓励生育,应该把目前为止用在老年人身上的财政,转移到年轻人身上去。钱的总数是固定的,要想贴补一方,就要削弱一方,给老年人的补助越来越少,给年轻人和准备生孩子的家庭补助就越来越多。在出生率持续下降的今天,该贴补谁又该削弱谁大家都心照不宣,只不过他说得过于直白。

如今只要和生育率扯上关系,就会引人瞩目。许多明星学者都搞清楚了这一点,争相比较谁的发言更耸人听闻。每隔一段时间就会出现新的"鼓励生育对策",然后又悄无声息或大张旗鼓地以失败告终。

如果一个人活得够久,就会发现这个事实:尽管我们把年轻人和孩子捧在手心,人工依旧越来越稀有，新生儿还在减少。

那个晚上，显然我并没有真的担心什么。也许我漠然地想过，因为这个年轻学者的发言，单靠补助运营的福利设施会很受冲击吧。但除此之外我不记得有什么关于自身的担忧。我记得夜班护工为我泡了热茶，喝完不久我就全身暖暖地睡着了。

第二天早上，我睁开双眼，阳光照在我的被子上。不用看时钟，窗外橘子树上叽叽喳喳的小鸟告诉我：今天我也在同样的时间醒来，今天也会是平常的一天。

每一天，都是从护工敲门进来跟我道早安开始的。周一到周五是石，一个老实忠厚的中年人，周末则是其他轮班的人。

几年来我的护工都没有变。从石第一天在这里上班，他就是我的专属护工，每周五天都是他来照顾我。这是养老院的精心安排——建立老年人和单个护工之间的信赖关系，而不是经常需要重新培养感情。

我静静地等着，大概十分钟过去了，却没有人来敲门。

也许是因为我已经对时间很钝感了，也许是我这次醒得太早了。这确实都有可能，但我不相信。如果一个人在快十年的时间里每天都观察同样的事，就会有像我一样确凿的自信——太阳照到被子上的某处时护工还没有来，只能说明他来晚了。

我又等了大概十分钟，还是没人来，院子那边却传来一阵吵闹声，还有人在尖叫，这是从来没有过的。养老院的早上总是很安静。

我按下电动床的按钮，让自己坐起来，想看看外面发生了什么。就在这时，负责人敲门进来了。

"早！"负责人声音洪亮地和我打招呼。

"早，石呢？"

"对不起，石今天来不了了。"

我立即想到可能是石的孩子生病了。

石有四个孩子，最小的那个才六岁，这些年里确实有几次，石因为孩子生病请假。毫无疑问，孩子比工作重要，更何况石是那么疼爱孩子的人。虽然他常说家里吵闹得让人头痛，他恨不得一直在外面上班——我当然知道他在开玩笑，甜蜜的玩笑，有孩子的人经常开的玩笑。

事实上，他一到下午就开始看手表，下班五分钟前就和夜班护工交接工作。他自己一定没发觉，他每天都要说很多关于孩子成长的小事。哪一个会跑步了，哪一个爱吃什么，哪一个学的什么乐器……所有我们的闲聊，他都能无缝插入自己孩子的事，带着幸福的表情。

"孩子又发烧了吗?"我还维持着坐在床上的姿态,但其实已经有点吃力。如果石在的话,他已经把我抱到轮椅上,带我去洗漱了吧。

"石,出了点意外。"负责人犹豫着说,"今天我们临时的护工会来照顾您。马上就来。"

"外面怎么了?今天很吵。"

"外面……"负责人看上去像是在斟酌措辞,也像是在梳理自己的思绪,"发生了暴动。几个正好来上班的护工被打伤了,石就是其中一个。"

"暴动?"我从没听过这样的事情,袭击养老院?

"唉,昨天那个学者的演讲直播,您看了吧?今天,几个养老院都受到了打击,我们怀疑是有些极端分子在制造冲突。"

"什么?"我听得懂每个字,却听不懂整句话的意思。

"'是时候让老年人给年轻人让位了',这就是今早小报的标题!抛去前因后果,单摘出这么一个吸引人眼球的句子,真是不怀好意啊。"负责人彻底放弃了遮掩,对我倾诉起来,"有些人唯恐天下不乱。我做这行这么久,从没见过这么疯的人。各行各业到处都缺人,谁都知道大事不好,可想要提高出生数,不能靠制造年轻人和老年人的对立来实现吧？"

"我想他们只是想制造话题，转移大家的注意力吧。"

"唉，我只希望事情不要进一步恶化。我们已经请了保安来站岗，保证大家人身安全。哦，您放心，石伤得不严重，不过他被吓坏了。我让他在家休息几天，等他好了就回来照顾您。"

负责人一直等到临时护工来才离开，听他的话中之意，临时护工并不好找——准确地说，是几乎找不到，还是那个问题，到处都缺人。

这次几个护工受伤不能上班，不得不调动机器护工，只是为了我，他拉下了脸从别的养老院"借"来了护工，因为他知道我自从入住这里以来，从不肯接受机器护工的照顾。但他满脸歉意地说，这个护工只有今天和明天有空。后天开始，直到石回来上班，他不确定能否为我找到另外一位护工。

"为了满足您的要求，我们会再次提高时薪招人，但您知道的……现在已经不是钱的问题……如果您同意使用机器护工……"负责人离开前提醒我，"那就好办多了。只要不停电，我们随时都能为您准备。"

我对他笑了笑，希望他明白，这对我来说并不是一个满意的选择。他应该再多试试。

那时我还有心情去考虑各种事，因为生活中没有别的什么好担心。

我在这里住了快十年，每天都极其相似，也就极其安全。

在这里，不需要时钟。时间一点一滴流走，世界迅速而善变，看电视就能知道。今天的法案明天撤销，几年前的设想变成现实，风潮从这里转到那里……而这一切在我身上只反映出一点灰白的阴影。早晨睁眼之后是穿衣，穿衣后是如厕，如厕后是洗漱……每做完一条，护工就帮我在一个框上打钩，然后进行下一个。早一点或晚一点，都不必在意。我无需记住今天是周几，除了在想知道今天吃什么的时候——一周七天七种菜单，每月更换。

在这里，甚至不需要多少衣服。全馆空调，冬暖夏凉，到处保持着相似的温度。我总是穿着舒适的长袖开衫，只有在室外散步时才需要披上外套。

那些规律到乏味的日子一去不复返。石被打伤的那次之后，养老院又被袭击了几次。

一直精神抖擞、气宇轩昂的负责人缺席了一次例会，我在这里这些年，这是唯一的一次，谁也不知道他去了哪里。再次出现在我们面前时，他憔悴了不少，但仍然像往常一样逗我们笑。

那时谣言已经传来，另外一家养老院因为补助不到位，被迫关门。我记得我们还相互打趣，说养老院怎么可能轻易关门，现在住着的人怎么办？本来是应该发笑的话题，但谁也没笑出来。也许在那个时候我们中的一些人就有隐约的担心——只要打开电视，其实是很容易看出目前的风向的——只是不愿意承认罢了。

几个月后，负责人战战兢兢地告诉我们："养老院因为'经营不善'，没法再继续开下去了。"

他的信誓旦旦去哪里了？我不忍心问他。他能决定什么呢？只不过是一些被允许的小事罢了。

负责人说，上面给了三个月的时间疏散，这里要清空。重新装修后，这里会作为"儿童院"继续使用。社会有责任多提供这种儿童设施。

我们是对儿童友好的社会，为了儿童，补助是充足的。电视上是这么说的。

二

住进养老院时,要填一张亲属联络表,但我父母不在,膝下无子,真正的孤身一人。负责人看到我的尴尬,出于好心,在空栏填上了他的联络方式,并在关系一栏备注:朋友。

现在,在一片狼藉中,负责人走进了我的房间。这次尴尬的人变成他:当疏散开始时,他作为我唯一的联系人、我的"朋友",被联系了。

"您有去处吗?"他连坐下的闲情都没有,整个人都在出汗。疏散的各种工作一定让他很心烦。

"没有。"我如实说,并寄希望于他能想起来,是由他,而不是别人,为我填上那栏的理由:我孤身一人。

他掏出手帕擦了擦汗,告诉我,对于我这种

"没有亲属接收"的老人最终会有统一的去处，不过要等三个月后，疏散工作全部结束以后，才有空管我们。然后他补充说，条件会比现在差很多，百分百机器护工，没有选择。

"我知道您一直拒绝机器护工，不过现在的情况……这已经不重要了。"他又说，"如果您能自费，也有更高端的地方可选。要不少费用。"

我跟他开玩笑，说我会好好检查一下自己的钱包。他愣了一下，苦笑了一声就走了。

石还在，这是唯一让人欣慰的事。他不顾周遭正在发生的变动，坚持保障我一如既往的作息。

"您还要在这里住三个月，这三个月里什么都不会变。"石把我的轮椅推到院子里。天气很好，他知道我喜欢在池塘边晒太阳。

我努力不去想三个月后的生活会是什么样。一定很糟，不用听那些传言就知道。"没有亲属接收的老年人"，不可能有比这个更糟的身份了。没有产出、没有价值，甚至和世界没有关联。我们哪怕消失了，也不会有人注意到。

我看着一个工人正在给门框边角装颜色鲜艳的防撞气垫，石告诉我，那是避免儿童磕碰的必需措施，他家的每个门上都有。就在这时，石别在腰间的传呼机响了。他向后退了几步,我听不到他在说什么。

过了几分钟,他带着一丝犹豫,站在我面前:"您有……访客。"

他照顾我多年,知道我从未有过任何访客,甚至在别人有访客时,他都会迅速把我推走,好像那个场景本身就会伤害我一样。

我沉默了几秒,直到确定他不是在和我开玩笑。从他的表情看得出来,他的惊讶比我少不了多少。

"访客在您的房间等您。"他一边说着,一边绕到我身后,拉开了轮椅的刹车键。

我的心脏跳得有点快,这对一位七十三岁的老人来说,不能算是好事。

出电梯后左拐第三间,是我的房间。前两个房间的门都大大敞开着,这表示住户已经离开了,现在正在对房间进行清扫。

不知道是不是错觉,石推我的速度比平时要快。从院子到我的房间门口,大约五分钟,这期间他没有说一句话。倒是我,为了缓解紧张的气氛说了一句俏皮话,但显然没有收到任何效果。

石推开了房间的门。

我看见两个穿着西装的人坐在我的书桌前。准确地说，书桌前只有一把椅子，一个人坐着，另外一个人紧贴着他站着。坐着的人很年轻，西装整洁笔挺。站着的人年纪比我小不了多少，西装皱皱巴巴。

我被石推进房间，等着他们做自我介绍。坐着的人却丝毫没有开口的意思，也没有任何动作，只是傲慢地看着我和石，好像是我们走错了房间。

"您好！"是站着的人首先开了口。

我点点头，等着他继续说些什么。

我等了一会儿，他们也在等待。我这才意识到他们是在等石出去，于是我对石说，有什么事我会按键找他。

站着的人笑了笑，挤出很多条皱纹。他的笑容一直持续到石从外面把门关上，接着他大步走上前，和我握了握手。

"我们是儿童部的，他是我的上司。"他回头看了看仍然坐在我的椅子上的那个人，又对我说道，"我们来找您，是希望您能帮我们一个忙。"

儿童部？让我帮忙？他们肯定是找错了人。

他提到一个叫泉的孩子，我从没听过这个名字。他解释说，泉的妈妈，一个女记者，是他们目前正在重点观察的对象。

我告诉他们，他们说的这对母女，跟我一点交集都没有。

可他毫不意外似的，继续跟我介绍儿童部的职责，和他们的伟大抱负。他还暗示：那位女记者可能有不当的育儿行为，他们作为社会福利部门，有保护孩子的义务，必要时会把她们分开。

又是孩子，绝对真理。如今，除了孩子，就没有别的事值得关注了吗？

为了让这场认错人的闹剧尽快结束，我尽可能冷漠地说道："我没有孩子，以前没有兴趣，现在更没有。当然，我会在三个月后从这里离开，把宝贵的资源腾给孩子。除了这个，我帮不上更多了。"

就在这时，那个一直坐着的年轻人突然开了口。

"我叫藤，是儿童部秘书。"他向下属点头示意，下属立即把我的轮椅推到了书桌边。

"您看看这些照片。"他说完，在书桌上摊开了几张照片——就像给坐在审讯室里的犯人出示现场照片那样——有张照片上贴满了整墙的报纸剪报，另外几张是剪报的新闻标题特写。

无论哪张，都能让人瞬间看到那个关键词：空岛。

很多年了，我没有看到这两个字，也没有和人谈起过。毫无疑问，他们没有找错人。我静静地看着他。

藤说，那个女记者——孩子的妈妈——一直在收集、调查这些东西。他们认为，她对这个的兴趣比对自己的女儿还大，大到经常忽视她作为妈妈的责任。事实上，那个女记者不止一次给我寄过信件，想要采访我。他们找到我，正是想利用这一点，通过接受采访来拉近和她的距离，近距离观察她作为妈妈到底合不合格。

"我没有收到任何记者的信。"

"有是有的，只是没让您看到。"藤明显不想就此多做解释，"总之，能采访您，她该高兴坏了。"

"是我老糊涂了还是你记错了？我没有答应什么采访。"

"只要谈谈她想知道的那些事，不会浪费您多少时间的。"他说完这句，用依旧傲慢的神情环视了我的房间，一张单人床，一张书桌，一把椅子。他撇了撇嘴："您也没有别的事可做吧。"

藤，始终用"这些""这个"来代指"空岛"，我怀疑他到底对空岛知道多少。如果他如我所料只有三十来岁，他出生的时候世界上可能已经没有空岛。他也许通过资料、研究知道空岛的事，也许因为没有兴趣而一无所知，但是，不管他对空岛本身知道多少，他是知道我和空岛之间的关系的，而且他明确指出，他希望我利用这种关系，达成他的目的。

"以前就有记者找到这里，但我从不接受采访。"我不接茬他的挑衅，只是再次表示没有兴趣。

藤的脸上闪过一丝奇怪的神情，是不耐烦，也是嘲弄。对于我的拒绝，他表示不屑。

我想他这样年轻有为的人，应该有不止一个孩子吧。听说如今外面评价一个人社会贡献的重要指标之一就是生养孩子的数量，换言之，家里孩子越多，越有社会地位。他是如何看待我的？一个没有孩子，只能赖在这里的老年人？用现在时髦的话来说，我没有创造社会价值，只是在侵占公共资源。

气氛僵住的时候，是年老的下属出来打圆场。他告诉我上周邻近的社区又发生了一起惨痛的事件，妈妈去购物时把一个婴儿遗忘在车里，车内温度过高导致婴儿窒息死亡。那个婴儿是去年一整年、整条街道出生的唯一一个新生儿。下属的脸上布满痛苦的皱纹，他说他们那时已经在关注那个有产后抑郁症的妈妈，但最终还是晚了一步。

老下属想激发我的正义感、道德感，但对那种看不见摸不着的东西，我很谨慎，他失败了。

藤从椅子上站起来了，一脸厌烦地看着我。

"现在这里已经被儿童部接管了。您在'没有亲属接收'的名单里，三个月后要去哪？谁也不知道。或者——如果您和我们合作的话，作为回报，我们可以给您升级，让您去更高端的养老院。"这是他离开前的最后一句话。短短几十秒，他已经做完了该做的工作。我能感觉到他很后悔前面铺垫了那么长时间。

老下属拿出一本笔记本，墨绿色的皮封面，旁边插着一支笔。他带着歉意告诉我，他们会在合适的时候请我去提供证词。

"我知道，为了孩子的幸福，您会帮我们的。那个妈妈没有朋友，不愿意对人打开心扉，我们想知道孩子到底安不安全。您是有正义感的人。"说完这些，他就跑出去了。

石进来的时候我全然不知。他为我端来了水和点心，把托盘放在书桌上的时候，他看到了藤留下的照片。

"空岛？"他皱着眉头，"是那个已经烧毁的空岛？"

我点了点头。

"应该是三十年前的事了吧，我记得那时我还是小学生，真可怕。"石仔细看着照片上的新闻标题：

空岛儿童疗养院纵火案，凶手已被缉获

"是个疯子。"我尽可能平静地说。

"我知道，凶手精神不正常——我是说空岛那个地方，太可怕了。"

一种熟悉的愤怒向我袭来。空岛儿童疗养院，顾名思义，是个聚集了特殊儿童的疗养院，他们病症各不相同，难以在普通学校和当时的社会上独立生存，所以他们需要疗养。他们中没有任何人真的伤害过别人。纵火案，字面意思，是犯罪，不管凶手精神正常不正常，这都是不该发生的惨剧——即便如此，还是有人认为比起犯罪，特殊儿童的存在本身更让人害怕。这是无知，是偏见，是和凶手一样的思维方式。

我只能劝自己，石只是被一些恶劣的报道误导了而已，他本性并不坏，这我很清楚。无需和他多解释，他不会懂。

也许是我的沉默吓到了石，也许是他意识到空岛和我有某种联系：这是我的访客来找我的理由。他小心翼翼地问我："您，去过空岛吗？"

"我写过关于空岛的论文。"我能感到这句话立即让石松了一口气,"有人要来问我关于论文的内容。"

时隔多年我第一次开口说"空岛"二字,却是一句彻底的谎话。

我能隐藏自己的情绪,不用思考,就能随口说出一个圆满的、有用的谎,保证我跟任何人都不起冲突,和平相处。这些时刻会提醒我,这么多年我练习的处事技能已经脱离我本身,成了一个连我都难以理解的系统,它强大又独立,好像我的肉身才是寄生虫。

"原来是这样。他们什么时候来?"石笑了,"我会准备好茶水。"

我们又说了几句不痛不痒的话,石帮我移动到了床上。到了午休的时间,隔壁却传来很大声的吸尘器的声音。

"我让他们暂停一会儿,下午继续清扫吧。"石拉窗帘的时候对我说。

我笑着谢了他,告诉他这种体恤是机器护工目前还做不到的事:"人和人之间的关怀是最珍贵的。"

他带着自豪感,大声笑了出来。我们早有默契,互相帮忙,让对方过得更舒适一点。对我来说,这一刻,我最希望他带着好心情,尽快离开这个房间。

我直直地躺着,听着他把门关上,又听着他用很大的声音和别人交涉着什么,最后吸尘器的声音戛然而止。

空岛。

嘈杂的世界毫无防备地跌入巨大的寂静中,正如我毫无防备地跌入回忆之海。

三

"一只乌鸦来到我们的阳台,叼走了一片叶子。我用晾衣竿赶它,结果它又招来了更多同伙,把我们的花盆打翻了。这时你从客厅走到阳台,穿着睡衣,就是粉白条纹那件。我让你别来,你听不见。你的耳朵被塞住了。"

我曾经有个哥哥。我六岁,哥哥九岁时,他曾经这样和我描述他的梦。

我忍不住问:"我的耳朵被什么塞住了?"

哥哥答不上来,他只是描述他梦到的场景,没有逻辑,没有关联,没有意义。

我还听过哥哥描述的许多别的梦,但每个梦都差不了太多,只是生动的影像堆砌。

每天早上的餐桌上,他都会喃喃自语他的梦。

没有一天例外。哪怕后来我再也不愿意听了，他也还有一个忠实的听众——妈妈。妈妈一边给我们准备早饭，一边见缝插针地问："然后呢？然后呢？"哥哥就一五一十，把所有的梦都讲给她听。

我有一个每晚都做梦、每天早上醒来都记得梦的内容的哥哥，我很快就发现，我没有这样的体验，别人也没有。

而这只是他众多不寻常之处中的一个。

我是从几岁开始觉得哥哥和别人不一样的呢？应该是刚进幼儿园的时候。那之前虽然我们兄妹会吵架，但由于没有别的孩子可以参考，我以为发生在我家的一切都是正常的。

但进幼儿园后就不一样了，我身边多了一群年纪相仿的小朋友。

起初，我很怯地偷瞄其他人，这是我习惯的方式。我慢慢发现，不管是谁，哪怕是正在哭闹的小朋友，也不会像哥哥那样只为一点小事就怒气冲天。

当我低着头看着自己的脚，站在做手工的小朋友们旁边时，一个小女孩欢快地叫我一起玩。

我连头都不敢抬，只敢用余光判断环境是否安全。我是真的很害怕。接下来的几天，我在每张脸上目光闪躲，但后来我认定，他们没有一个人像哥哥那样，因此我无需戒备，可以放松。

老师鼓励我们拉着手走路，一起协作，完成手工。我们也一起吃饭，看着彼此吃成小花猫脸。有人来拉我的手，我也会去拉别人的手，我们会一起玩沙子泥巴，有人会因为一点不如意就哭，有人还会尖叫，只不过一个糖果就能让他们停止哭泣，露出笑脸。

这些集体生活快乐、简单，让我感觉自己像来到了天堂，而当我再回到家面对哥哥，我才知道原来我一直生活在地狱里。

发现这一点的显然不止我一个。

我内向、充满防备，在小朋友们里像个大人——后来老师家访时，跟爸爸妈妈这样说我。我在心里揣度了很久，"像个大人"，究竟是表扬还是批评？因为老师对我格外温柔怜惜，我默默把那句话当成表扬接收了。后来想想，那个年轻的女老师总是对我多加关照，很可能只是因为觉得我可怜罢了。她一定早就听说了哥哥的事。

哥哥一般很安静，但偶尔会因为意想不到的事情暴怒。比如我无意中和他目光相遇，如果他刚好心情不好，就会把这当作挑衅，随即进入进攻模式。当然，也不是每一次都这样，问题就在于他的引爆点无法捉摸。

他还会曲解别人的话。有次,我看到家里桌上有个橘子,说想要吃,他拿给我吃,却不能忍受我只吃一半。

哥哥拦住我的去路,手里捏着剩下的半个橘子,很吓人,他反复重复一句话,就是:"你说你要吃的。"因为太用力而被捏出的橘子汁水滴到地板上,空气中散发着诡异的酸甜的气息。

哥哥的眼睛充满泪水,不依不饶要我把橘子吃完。

他痛苦地重复着那句话,一时间我不知道我们俩谁才是受害者。

我被他的怪样子吓得哇哇大哭。妈妈从里屋跑出来,当她来到我们身边,我以为她会抱起我,训斥哥哥,我以为我的救星来了呢。妈妈不应该就是那样的存在吗?把你视为掌上明珠,会为你打抱不平,所有人都这样说。结果,她竟然也劝我把剩下半个橘子吃完。

在那个场景里,有我的两个至亲在等着我把橘子塞进嘴里,我还能怎么做呢?

我绝望地把剩下的橘子含在嘴里。

哥哥心满意足地离开了,妈妈这才把我抱起来。

妈妈哭着让我把橘子吐出来，我已经哭傻了。她掰开我的嘴，嘴里什么都没有，已经全部咽下去了。有一部分橘子和橘子皮之间的纤维一直粘在我的嗓子眼里，我感觉特别恶心。

那时我就知道在我和哥哥之间，我不是会被优先考虑的那个。

妈妈对此的解释是，哥哥不能理解字面以外的意思，而我可以，所以我需要让步。

这话我已经在很多次兄妹吵架后，从妈妈那里听过了，但我相信那天我才第一次明白她的意思：我说我要吃，哥哥就认为我一定会吃，而且吃完。如果我不这样做，他就无法接受，一定会强迫我做到才行。哪怕我哭、我闹，也只是徒增他的痛苦，不会使他放弃，因为他不能理解、无法处理字面含义以外的东西。

还有一次，"惹"他生气的后果更为严重。

我们在家吃饭。吃饭前，哥哥发现自己的筷子中的一根尖端断了。那双筷子是哥哥一直在用的，贴着他最爱的小汽车贴纸。

看着哥哥沉默的侧脸，我知道糟糕的事情即将发生，恨不得从座位上逃跑，但当时我被固定在高高的儿童座椅上，动弹不得。我悄悄看看正在厨房里忙碌着的妈妈,还有坐在饭桌前看电视的爸爸,他们都还没发现哥哥的筷子断了。

也许我可以拯救这一切,毕竟那个时刻,只有我注意到了即将发生糟糕的事。当时的我一定是自信过了头,才想到要"解决"哥哥的困难,解决我们全家的困难。

我不动声色,把自己的筷子推到哥哥面前。也许哥哥会给我一个感激的笑脸,不,不是笑脸也无所谓,我只是想表示一点友好。

哥哥抬头看我,我赶紧把目光转开——我已经不止一次因为和他目光交接而吃苦了——祈祷他没有恰好"心情不好",不要认为我在挑衅他,祈祷我做的不是错事。

一瞬间,也许不过一秒钟,我感到眼前一片混乱。几秒钟后我才意识到筷子被杵到我的脸上,然后反弹掉落,眼睑下面的皮肤被尖锐的东西扎得火辣辣地疼,可能是断裂的筷子尖端吧。妈妈尖厉的叫声,哥哥的呜咽声,全涌进我的耳膜。

是爸爸,一声低沉却有力的怒吼,斥责哥哥,他用力拉住哥哥的手腕,看得出哥哥也很疼。

妈妈过来试图拉开爸爸的手,说他把哥哥弄疼了。

爸爸的声音更大了,他为我说话,我知道他站在我这边。他把哥哥的手腕掰成更疼的角度,而妈妈没法拉开他。

被吓傻的我这才想起来疼。这件事的教训变成了我左边眼睛下面的疤。

爸爸带我去缝了三针,医生说我太小,不敢给我用麻药,就硬生生缝了三针。几个大人分别压着我的腿和胳膊,让我不能动。爸爸用力固定着我的脸,他手上全是湿湿的汗,冷冰冰的。

这是我第一次缝针,还是在脸上,但妈妈没有来,因为这个事我记恨了她很久。虽然我知道,她留在家里是为了照顾哥哥,如果她和我们一起去医院,就要把哥哥也带去,这只会增加麻烦。这些道理,即便是当时的我也是知道的,但仅限于头脑上知道,心理上却不能原谅她。

我们家的阵营在我缝针那天后,划分得更加明显:我和爸爸,哥哥和妈妈。

当哥哥和妈妈在家里等我们回去时,爸爸带着刚缝完针的我去吃了冰淇淋,这也是我们已经划分成两拨的具体表现。

缝针那天,我第一次吃到了冰淇淋,也是在那天,我第一次知道哥哥生病了,学名很长,我听不懂,爸爸还特意写在收据背面给我看,说他没有骗我。

那个病的症状是执着于固定的小事，难以与人沟通，偶尔有暴力行为。

爸爸把我当平等的大人，和我说这些话，这让我感觉挺好，何况他的说明的确比妈妈口中模棱两可的"性格不好"更能让人信服。发生过太多类似的事，我都能想象得出这次妈妈会怎么跟我说。她会说，哥哥当时情绪不好，因为他的筷子断了。这时候你把自己的筷子递给他，他会觉得你在嘲笑他。

妈妈总是把哥哥的行为淡化，好像那再正常不过，而我作为妹妹，应该懂得避开，哪怕真的发生冲突，也理应理解。

"不要生哥哥的气。""因为他就是那样的性格。"妈妈甚至希望我习惯那些不公平的事。"你应该明白哥哥会那样曲解别人意思的啊。""以后注意不要做这种会刺激哥哥的事了。"

一开始我会哭会闹，后来我渐渐明白了，她是和哥哥站在一边的。无论哥哥是什么样，我都需要去配合他。如果我惹到了他，需要反思的不是莫名其妙生气的他，而是无意之中惹到他的我。

如何摸清脾气难以捉摸的哥哥的喜好？这难道不是太难了吗？谁能做到？

即便妈妈反复说希望我做到，但我仍感觉是她看不清事实：这不可能。她似乎从来没想过，就连她自己也做不到的事,她怎么能要求我做到呢?

可那天,爸爸说,哥哥是病人,他发火,做一些偏激行为都是因为生病。不是我的错,我没错。

不是我的错,从没人这么直截了当地告诉过我,导致我一直在猜自己到底是哪里有问题,为什么怎么做都不对?

哥哥是病人这个事实,让我的情绪得到了安慰,好像一个长时间解不出的题,困扰了我很久之后,有人告诉我——原来这是一道错题,我不可能解得出正确答案。

知道了哥哥是个病人之后,我得到了某种解脱。妈妈不要解脱,她始终保护哥哥,试图规避所有可能让他发火的点,保护他,这让她筋疲力尽。她怨爸爸向我袒露太多,我也从没从她口中听到过那个拗口的病名。我怀疑她发自内心地认为哥哥不是病人,包括她主动去听相关的育儿讲座,去咨询相关的专业人士,她都不承认与哥哥直接有关。

她总是说:"我只是想了解一下。""也许有什么是我们能做的。""自治会也说无论什么事,我们都可以寻求帮助。"妈妈用各种模糊的字眼,搪塞她带着哥哥奔波于各个地方的理由,与其说是向我说明,不如说是在向她自己重复。

随着哥哥长大,他在外面能得到的庇护越来越少,他的病却没有好转。

爸爸和妈妈的分歧越来越大,家里的两个阵营针锋相对。跟一味包容哥哥的妈妈相反,爸爸总会公正地指出哥哥的问题,不管哥哥能不能接受。

爸爸会说:"为什么要这样对妹妹?""她并没有针对你!""不论如何,动手都是最不可原谅的!"

在爸爸身后或怀里,我被保护,也得到了观察哥哥的绝佳机会。

当他的情绪较为平静时,他会一动不动站在原地,瞪着眼睛看着爸爸,仿佛在试图理解对他的斥责到底是什么意思,要过很久很久,他才若有若无地点点头,表示他听到了,然后离开。

当他的情绪还很激动时,他会哭得很大声,呜咽得像一种奇怪的动物。在这样的时候妈妈就忍不住要抱他,安慰他,让他不要难过。而爸爸又会再次生气,这次是生妈妈的气,气她不好好"教育"哥哥。妈妈流泪反驳,歇斯底里。

我不知道"教育"和哥哥之间的关系,也不知道我和哥哥之间的不同到底源于何处。

但我知道,有段时间我家舍弃通风的选项,二十四小时紧闭门窗,因为吵架和哭喊随时会爆发，而一旦爆发，我们四个人没有一个能侥幸从中逃脱。我们把自己和环环相扣的怒气锁在一起，生怕它的火星飘到别家院里。

太难了。多少年后，我查过很多资料、论文，对于如何对待这种孩子，依旧没有一个定论。到底这种病，或者"性格不好"的特征，能不能被治愈？究竟应该对他们抱有什么希望？这是"教育不足"的问题吗？还是应该"顺其自然，放松心情"？没有人能给出一个回答。

每个有这样孩子的家庭，都只能自己选择、承担、闭口不谈。

有空岛之前，我们家就是这样的。爸爸说哥哥是个病人，但妈妈拒绝承认。爸爸保护我，妈妈保护哥哥。

我们谁都没直说，但谁都知道哥哥被划分在一个灰色地带里：他和我是有不同，但不至于要去医院看病。他的奇怪举动有时能解释成"性格不好""情绪问题"，有时候不能。有时候他似乎和我们生活的环境格格不入，有时候又非常正常，能像其他孩子一样生活。

我能明显感到，哥哥的存在有时让父母头痛万分。即便他们是我的世界里的最高权威，但他们对哥哥，以及该如何对待哥哥没有信心。

有时候我有种奇怪的错觉：如果哥哥"病"得再严重一点，比如说他一直在号叫，或者他一直拒绝吃饭，我们就能毅然决然、没有选择地把他送去医院，那反而会好受得多。可事实上，他在慢慢理解一些事，也的确有一些进步，有时他心情不错，我们甚至能一起默默走去公园玩，各自玩一会儿，再默契地一起走回家。偶尔在家附近遇到邻居，我负责主动打招呼问好。

"早上好。""中午好。""晚上好。"

哥哥在我身后微微点头，表示他和我一样态度友好，邻居微笑着目送我们进家门——这种时候我就觉得哥哥和其他人没什么不同，没人会觉得他有什么不同，妈妈也会笑着看着我们，为我们端来点心和牛奶。

但记忆里不止一次，当我们渐渐放松警惕后，哥哥突如其来的爆发会更加伤人，那些无法排查、无法预测的怒气，毫不留情地打破我们的幻想，提醒我们，哥哥是不同的。

我们尽量减少哥哥在外出丑的概率，努力做有礼貌、不起眼的邻居，但事情总会多少暴露出去。有些人并没有那么友好，也缺乏理解。

有一次，我还是小学生的时候，无意中听到邻居小孩问她妈妈关于哥哥的事:"为什么我和他打招呼,他那么凶地看着我?"

我意识到自己有一个天降的机会,即将能客观了解其他成年人是如何看待哥哥的,于是我屏住呼吸,听到她妈妈回答:"因为他没有礼貌。"

我的心像被细细的针轻轻扎了一下。我想上前反驳:"他只是生病了!"我可以找来那个收据,念出爸爸写在背面的那个长长的、拗口的病名,我要把那个病的症状背得滚瓜烂熟,好让他们心服口服。

但我只是默默走开了。在我幼小的心里,或者,即便如今我已经七十三岁了,我仍然不知道"他生病了"和"他没礼貌"究竟哪个更让我为哥哥感到羞耻,和悲伤。

黑是去医院,白是留在家,那灰应该怎么办?

空岛就在这时候出现了。"疗养院",不正说明它是为不至于去医院,但在家的生活却不尽如人意的孩子准备的吗?

四

空岛本身没什么特别的,它的名字就是全部:空空如也的一个离岛。在建疗养院之前,它只是陆地周围的众多离岛中的一个,没有人居住,是一片废弃的资源。

在离岛上建疗养院,而且是免费的、环境优美的儿童疗养院,在当时是轰动一时的大新闻。它的宣传语是"珍爱每一个未来",代表我们一直以来对孩子的期待。

当时人们只知道鼓励适龄女性生育,直到"萨林数据"出现。

萨林是一个儿童教育专家,他的一项研究表明,有一部分儿童,在成年之前就夭折了——不是失去自然生命,而是失去了社会生命。他们有种种表现，包括但不仅限于难以沟通、不适应集体生活，他们成年后多数只能靠"啃老"生活，有些人还因为冲动犯罪。这些孩子虽然身体无病无疾，但对社会进步的推动作用微乎其微，让人叹息。

萨林提出，如果能把这部分儿童引上正轨，等于提高了已出生的孩子"质量"。

问题在于如何引导？第一个答案肯定是"包容"，包容那些和周围环境格格不入的孩子，甚至在有些地区，格格不入的孩子会被故意安插在健全的孩子周围。实验不成功，还出现了恶性伤人事件，社会环境恶化，孩子数量再次减少，大家才意识到问题的严重性，并非所有事都能凭心怀善意解决。

空岛是第二个答案：给和现有环境格格不入的孩子创造一个新环境，而不是强迫他们适应，强迫其他孩子"包容"。

空岛项目的提出很快引起全社会关注，最初多是批判。有一位老专家实名批判这个项目，因为太多不切实际的问题摆在眼前。空岛是免费入住的疗养院，最先面临的问题就是钱从哪里来？以及该以什么标准，选取有机会去岛上生活的幸运儿。

"不过是几个年轻管理班子在空想而已。"

"不考虑现实问题只想一步登天。"

"我们辛苦缴的税金，为什么要供某些人过不劳而获的生活？"

事情的转折，是在空岛项目成型的阶段性汇报后。

电视里说，空岛的财源问题已被解决。而具体情况，电视里也花了很长篇幅来说明，只不过当时十岁出头的我完全不能理解。

每周日，爸爸都带我去吃同一家冰淇淋，就是我缝针后去吃的那家。我会自己点单了，还痴迷于把两种以上口味混在一起吃。就在那时我问爸爸，空岛的钱为什么不是问题了？

爸爸说，因为钱是从一小部分人手里自愿拿出来的。就相当于你到了儿童乐园，没有钱买门票，但有一个好心人说他会为你买这张门票。你可以进儿童乐园玩，儿童乐园的工作人员的收入照旧，给你买门票的人也开心自己做了这件事，没有人有损失。

我当时只了解这些。

在我长大一些之后，和爸爸更严肃地讨论过这个话题。大概是谈到"空岛计划如何一步步实现"的"第一步"，也是"重大一步"时，我才明白整个解决方案：空岛项目是由税收水平最高的地区——S区的居民们发起的。

理论上，无论是哪个地区的居民，都有一定程度上的自由来选择自己被征收的税金用于何种公共设施建设。比如，是否在此地区多建设一个公园，是否需要拔掉一棵大树——当然，这些取决于相关部门的专业意见，但最终也需要得到大部分居民的同意，才能顺利实施。因为如果不能使大部分居民满意，他们就将带着自己的收入，移居别的更舒适的地区，这代表大量的税收将离开此地，而没有税收，地区的活力将会变得衰弱，居民减少，进入恶性循环。

S区的有识之士说，他们已经暂时不需要新建图书馆和公园，呼吁用自己的税收去做些更有意义、更持续长远的事。

他们从一开始就把目标设定在孩子身上，毫无疑问，孩子是未来，而正在凸显的少子化倾向让精英们最先有了危机感。"数量"基本是交给自治会去管的。而"质量"是S区关心的课题，是他们提出，在离岛上建疗养院，给不适应现有环境的孩子一个更包容、友好的乐园。

这个想法慢慢成形了。S区的一部分人自发组成委员会，筹款开会、起草建议书、招募建筑商。可以想象，作为税收水平最高的地区，那里自然也聚集了各个行业的精英。也许精英们在一起想做成一件事，真的比一般人想象得要快得多。

至于另外一个重要问题，如果真的有这样一个免费设施，什么样的幸运儿才有机会去呢？这个答案简单得让人想笑：这由S区委员会的儿童教育专家来决定。S区作为承担责任和义务的一方，深知把核心问题交给大众，只会各执一词、停滞不前，所以放手给专家去评估。

这样一来事情变得简明扼要：一个收入水平最高的地区，想从自己的税金里拿出一部分来帮助专家认为需要帮助的儿童。帮助的手段是为他们在岛上建造一个免费疗养院。

在S区的意图被宣传开后，社会风向明显发生了重大变化。电视上每天都有空岛项目的内容，S区以外的人们也为此情绪高涨，这渐渐不再是一个区的行动，而是我们所有人的进步，说得更大一点，强者自发帮助弱者，是人类的进步。

我记得某天，妈妈拿回家一张报纸，大声朗读那个曾实名批判空岛的老专家的文章。老专家说他反省，自己只是想维持现状，而维持现状是缺乏勇气的做法。

他说他在图书馆遇到一个年轻人，年轻人问他，为什么要在一件事还没有做成之前就剥夺它的机会？年轻人还说，事情不会是完美的，会有很多困难。但不开始做，永远不会有大的进步，只能修复一些过去的无关紧要的小细节。

老专家最后鼓励大家：是时候大刀阔斧开创一个新局面了，有难处大家一起克服。

社会上充满善意的讨论。当我们眼前的生活安定之后，就会本能地去想自己的子孙后代，他们生活的未来会是什么样的，我们又能为他们做点什么。一般来说，我们能做的实在有限，无非是节省一些资源，多一点友好的微笑。这肯定是不够的，但我们也没有更多了。

直到S区的提议出现，他们作为远远超越了温饱阶段的、拥有最高收入的群体，自愿拿出来的资金和税金数目惊人。资金用来一次性进行前期准备，包括设计空岛，建设空岛。税金是将来源源不断提供给空岛的营养和血液。

整个空岛建设完成，只花了短短三年不到的时间。

电视上播放空岛建成后的宣传片时，我们每个人都震惊了，那真的像个世外桃源。宣传片上说，住在空岛疗养院的孩子们，无论性格如何，都能免费享受护理人员的照料，他们有专业知识也有耐心，是最好的人选。

除此之外，疗养院周围还有食堂、日用品店、学校，虽然不豪华，但干净整洁，完全免费。

我们每天在电视上关注空岛的进展，就像其他人那样。我隐隐觉得妈妈对此事格外关心，她查资料、看新闻，总是主动提起空岛，关注大家的议论。但很长一段时间里，我没想到空岛和我家会有直接联系。

有天我午睡起来，口很渴，想去厨房找水喝，却听到爸爸和妈妈在客厅交谈。他们故意压低的声音激发了我的好奇心，我偷听了他们的对话。

一开始我完全不明白他们在说什么，直到后来，爸爸有点气馁地提到空岛，那个疗养院，他说："你觉得他必须去吗？我们不能在家教他吗？"

他们又说了几句话，我没听清。接着妈妈哭着喊道："不然还能怎么办？让他天天在家，我们辞职，轮流看着他、教他？！"

我立即明白她说的是哥哥，随即恍然大悟空岛和我家之间的联系：妈妈想送哥哥去空岛。哥哥正是别人嘴里的"格格不入的孩子"。

五

很多年前,第一次有记者因为空岛的事找到我时,我很意外,不知道他想要问我什么。

结果那个记者给我看了一篇文章,里面写到空岛的种种黑幕,其中之一就是名额可以用钱购买,还写了哥哥的实名。

那个记者大义凛然地质问我:"这就是发生在你家里的事,你不可能对这些毫不知情。"

我当即反问他是否知道空岛委员会的存在,以及他们制定的筛选标准。他开始心虚。写假内容的人当然可恨,更可笑的是这些拿着鸡毛当令箭的人。

不用怀疑,这种人对空岛的了解,就只限于几篇同一类型的文章,还自认为高效地通过最少的调查，掌握到了信息重点、情感痛处，忍不住为此洋洋自得。但实际上，就像我在那个人灰溜溜离开前和他说的那样，他们这种人，有着最肤浅的正义感，却没有思考的能力，甚至没有思考的兴趣，轻易就能被好事者激发出虚假的热忱，是最危险的一类人。

真实的情况如何呢？没有那么好的事，名额并不好拿，跟钱完全无关。没有任何一个环节需要一分钱，只有评估，不是走过场式的评估，是认真的评估。

妈妈一意孤行申请了评估，而爸爸根本不赞成送哥哥去空岛。那时他仍坚持，在哥哥失控的时候教哥哥该如何想、如何做，尽管哥哥很难理解。

一开始，爸爸不配合评估，他总是用一些理由躲开了，直到哥哥又一次闯祸。

那天妈妈的同事来家里聚餐。

爸爸坐在妈妈身边，看着她的眼光温柔。我安静懂事，坐在沙发上看动画片。妈妈总是那么辛苦，为了工作，为了哥哥，我深深感到，那个时刻一切对她来说都是完美的。

然后，我注意到了一个事实——哥哥从自己的房间里溜了出来，正在往玄关走。坐在我的位置，刚好看得一清二楚。

我刚想张嘴叫一声，就遇到了哥哥沉静的目光。我们四目相对，两秒钟后他拉开大门出去了。

我犹豫着，到底该不该告诉妈妈或者爸爸，哥哥出去了。在我们家，哥哥基本没有机会一个人外出。而且天已经黑了，他为什么要在这个时候出去呢？

我劝自己，哥哥可能只是去附近买点零食，很快就会回来，没必要大惊小怪，为此打扰妈妈的聚餐，但我心里仍然不安，只能强迫自己把注意力转到电视上。

他一直不回来，我静不下心来。有几次，我甚至有一种冲动去玄关穿鞋，出去找他，如果顺利的话可以安静地把他带回家，而不惊动任何人，可一想到有可能被哥哥大吼，被邻居侧目相待，我还是退缩了。

如果我能心安理得，假装此事与我无关，就不会有愧疚的感觉。但是在默默等待哥哥回家的那段时间里，愧疚是我唯一能感觉到的情感。

现在我回想起那个时刻，还有很多类似的时刻，我为什么要愧疚呢？我不可能有更好的办法，事情不是我搞砸的。

那一个多小时里，我心里很乱。我希望他早点回来，悄悄地回他自己房间里，别在家里有客人的情况下出什么乱子，别打乱妈妈的聚餐。但内心深处我又知道随着时间过去，这几乎变得不可能。

于是我重新祈祷，无论发生多糟的事，只要哥哥聚餐结束后才回来，就不算最糟，因为如果那样的话，无论如何妈妈也拥有了安静的聚餐。

我的祈祷没有奏效，就在我以为可以放松的时候，就在欢乐的聚餐即将结束时，门铃急促地响了。

还没等妈妈赶去开门，外面就传来手用力拍门的声音。有几位客人甚至已经披好外套了，所有人都定在那里。

最糟的事情已经发生了，僵在沙发里的我立即明白。虽然我还没看到门外气冲冲的家长，和她脸上带着鼻血的儿子，也没看到被狠狠揪住衣领的哥哥，他的脸上也有血。

那位家长的声音从门外传来，她说他们在公园玩得好好的，哥哥突然出手打了她儿子一拳。她不理会妈妈让她进来的请求，坚持在门口大叫起来。

对哥哥的控诉内容，可以说得上熟悉，就是哥哥无缘无故打了人，被大人拉住，还想反抗。

更熟悉的是，紧接着的，爸爸妈妈无休止的道歉，"对不起"重复一万次，"他性格不好，请不要跟他一般见识"再来八百次，"我们来赔，请让我们来赔"又加一百次，一切都不能使事情变好。

我很清楚这一点，因为在长大的过程中我经历了太多次，在外面哥哥发起疯来的后果。

在家，我们可以把门窗关紧，我可以谨慎地和哥哥相处，但总有些时候我们是在外面，面对的是不熟悉哥哥的人——而这对哥哥来说没有区别，他没有在家或在外的意识——他们盛气凌人，咄咄逼人。

"他怎么能这样？"他们问得天经地义，我们却一个字也答不上来。

当爸爸妈妈追在陌生人屁股后向他们道歉，求他们原谅"性格不好"的哥哥时，我在做什么呢？

我呆呆地站在原地，盯着他们所在的方向，跟着他们的脚步，移动我的脚步，以免和他们走失。而我怕自己走失不是因为别的，只是不想再多给他们添乱了。我确定，他们没有闲心去找我。

当那些陌生人的怒气发泄完，傲慢的目光最终扫到安静乖巧的我身上，他们总会露出不可置信的表情，我都能听到他们在心里说，同样的教育却教出不同的小孩，怎么会这样？

哥哥充满困惑地看着我，仿佛在说，你怎么就不会生气？

这样的时候，我的心摇摆不定，不确定我们之间到底是谁有问题。怎么就不可能是我呢？也许不生气才反常，我只是察言观色，力求安全罢了。

那天，在妈妈的同事们尴尬离席后，在一切狼藉趋于安静后，我们再次把家里门窗紧锁，陷入讨论。

"现在我们能保护他，以后又怎么办呢？"妈妈问爸爸，这次她没有哭，但声音听起来像陌生人，冷得让我打了寒战。

我现在还清楚记得爸爸的表情，困顿、局促。他比第一次带我去吃冰淇淋时苍老了很多，他孜孜不倦对哥哥的"教育"、他能做的努力，似乎突然在那个瞬间瓦解了。

是啊，如果今天都让你觉得竭尽全力，那明天、以后，该如何期待呢？

妈妈冷静的问话，反而击中了核心。

那晚的事成了压倒爸爸的最后一根稻草。从那之后，他默默认同了妈妈的决定，次次不落地参与评估。

一整个夏天，空岛委员会的一位儿童教育专家经常来我家，和每个家庭成员谈话、观察我们的相处模式。我也和她交谈过，她是一位头发花白、精神奕奕的老年女性，非常友好，在我讲话时总是鼓励我。

后来我们通过了评估,哥哥得到了去空岛的名额。

可当哥哥要离开的日期确定后,家里的气氛却变得奇怪。

一方面,这是我们,尤其是妈妈期盼已久的结果,我们理应庆贺。

另外一方面,我又强烈感觉到妈妈非常伤感,甚至怀疑她会不会在最后关头放弃这个名额,让哥哥留下来。事实上她也确实如此反复了,一直到最后,她都是不确定的样子。

当爸爸和妈妈在商量要给哥哥准备什么的时候,我一点都听不进去,满脑子都是自己的事——那时我刚升入中学,结识了新朋友。他们穿着漂亮笔挺的制服,上下学戴着草帽(秋冬则是毡帽),有礼貌见识广,我想融入他们的圈子。

我忍不住插话问他们,我的制服什么时候能做好?

妈妈一愣,她似乎忘记了制服的事,但我对她的疏忽已经见怪不怪了。在我们家,我的事主要由爸爸负责,而哥哥归妈妈负责。

爸爸说制服是一针一线手工缝制的,最后还会刺绣上我的名字,要费很多时间,得再等等。

我只好放弃,进屋选了一身我觉得最好看的衣服，那是前一年生日时爸爸带我去买的。布料厚实，没有起毛球，只是袖子和裤腿都有点短了。

我和新朋友们相约在学校停车场后面见面，我们分吃各自带来的点心，然后漫无目的地在学校里走。

我记得自己一直不敢迈太大的步子，因为怕被人发现我的裤子短了，手当然也不能抬太高，腋窝那里有点紧。我听着新朋友的谈话，担忧自己的举动是否合适，这一群人中到底谁才是话题中心？谁和我一样在边缘？就在那种局促中我度过了一天又一天。

直到有一天，哥哥走了。那天家里格外安静，在楼梯边放了几天的行李箱消失了，除此之外我无甚印象——多年后我和丈夫说起这段时，我才第一次感觉难为情。他皱着眉头看着我，让我意识到自己的叙述过于冷漠。

我赶忙和他解释，其实在离开之前的一段时间里，哥哥就很少出自己的屋子了，我已经习惯家里没有他的感觉，所以他的离开其实不是那天发生的，而是在更漫长的时间里发生的。

他只是轻轻地点点头，我知道在那时他就给我下了一个结论——冷漠。他是和我相反性格的人，有时他的热情都要灼伤我，尤其在谈到家人时。

"我有两个姐姐,我们会争着吃自己喜欢吃的。""我敬佩她们充满想象力。""姐姐们永远是我最好的朋友,一直都是。"

我试图跟他解释我和哥哥之间有点复杂的关系,然后我提醒他我当时只有十三岁。

"你真的记得你十三岁时心里是怎么想的吗?"我问他。

"记得。如果我姐姐要出远门,我肯定会哭好多天。我会担心,会想念她。"他真的是没有犹豫。

"你哥哥离开的时候,哪怕只是一瞬间,你哭了吗?"丈夫问我,答案是没有。

我想象着当丈夫还是个小男孩,跟在要离开的姐姐身后拖着鼻涕的样子,觉得那才是合理的。

一个小孩,就应该是那样的。可能问题真的出在我自己身上,如他所说,"冷漠"。也许别人也是这样看我的,别人还可以因此为我不生孩子的选择做注解:一个冷漠的人。

其实我完全可以装出一副"不冷漠"的样子,说哥哥走时我哭得很伤心,以及我不生孩子只是不能,而不是不想。

我知道怎么说才能博得好感和同情,我懂,也做得到,当我还是个孩子的时候,就精通于这些。掩饰自己,塑造自己,随便怎么说,我会选利于自己形象的那种说法,无论什么事都能轻松地漠然置之。

可后来我突然厌倦了这些,可能是在离家之后吧,觉得自己已经是个成年人了,想用别的方式来对抗一切。我的不掩饰,甚至带着一种叛逆:我倒要看看真话能伤了谁。

哥哥离开半年后,有天妈妈说我们要一起去空岛看哥哥,她让我给哥哥准备一个礼物。

只有空岛住民家属才有去空岛的机会,所以我很兴奋,一心想着回来后要怎么跟我的好朋友们炫耀。我身边人缘最好的女孩,因为爸爸在国外工作所以经常被我们围着问国外的事。我默认如果我去了空岛,他们对我的态度也会那样恭敬。

我给哥哥的礼物是一本植物百科全书,那是爸爸的建议,我也不知道他会不会喜欢。

回家路上我遇到了邻居家的女孩,她是我在新学校交的朋友之一,她问我买了什么,我如实相告。

我还特意提到要去空岛看哥哥的事,以为她一定会羡慕,毕竟我们谁都没有去过空岛,只在电视上看到过那个美丽得不真实的地方。

可一听到"空岛"二字,她的眉头一紧,只淡淡说了句"是吗"就走了。

她看起来不仅对空岛一点兴趣都没有，甚至还带着厌恶的表情，这个发现让我很紧张，我花了一些时间去思考要不要跟自己的好朋友们说去空岛的事，本来的兴奋蒙上一层阴影，变成了忐忑。

我不明白，在学校里老师们谈到空岛的时候，总是极尽赞美之词：文明的进步，互帮互助，理想之乡。我们都看过空岛建成后实拍的宣传片，那是个美丽、独立的地方。我一直认为空岛是好地方，比国外更让人好奇。但在那个女孩看来似乎并非如此。

谨慎，始终是我性格里最牢固的部分，所以去空岛之前，就因为那个女孩的怪异表情，我犹豫了很长时间。

有几次，和新朋友们在游乐园玩的时候，我觉得时机已到，想把那句"下个月我要去空岛看哥哥了"说出口，可在紧要关头我总会为一些小事分心，比如我要不要清清嗓子吸引他们的注意力再说，或者我是不是应该想一个更耸动的开场——空岛，你们谁去过吗？我应该表现得不在意还是很在意？

还有一次，我们刚谈完一个话题，还没有人引入下一个话题，全场都很安静的时候，那真是绝好的时机，可就在我想要张嘴的前一秒，有人指指我的衣服，我立即发现领口那里沾着一点巧克力酱。

那一次也没能说出口,因为我固执地认为,在说这种事时我不该穿着一件吸引人目光的脏衣服,那会削弱我要说的事的力量。

就这样,一直到我们如期去空岛看哥哥,我也没有跟朋友们说出口。

六

我没有跟任何人说过第一次去空岛的细节,连我丈夫也没有,对他来说,宣传片里的空岛就足够了。

空岛 1 年,我、爸爸、妈妈,三人从港口坐船去空岛。船一小时一班,港口买票,按时出发。那天我们的船只坐了不到三分之一的人,不需要任何手续、登记,非常自由,手机也可以带。我记得自己的心情和远足没有两样。

到了岛上有人接过我们给哥哥带的一箱子行李,带我们去找哥哥。

岛上一大半都是森林,郁郁葱葱。我们从一个公园大门走进去,又穿过公园,展现在眼前的就是疗养院。楼房不高,比较简易,窗户很大。奇特的是，楼房每个单元都有一根巨大的烟囱，高度比楼顶高一些，直直竖在每栋楼的正中央。

岛上的人跟我们介绍那是中央焚烧炉，每栋楼里的居民的生活垃圾从楼顶的"烟囱口"投入，直接进入焚烧炉。这些对我来说特别新鲜。空岛没有垃圾堆，原来是这样处理垃圾的。

再见到哥哥的情景很不可思议，因为我从来没见过那么阳光的哥哥。并不是说他以前有多阴沉，只是笑得那么开心的样子确实是第一次见到。

我们坐在哥哥的"家"里，一个小开间，那里有基础又实用的家具和家电，看起来生活不成问题，连容纳我们三个客人都绰绰有余。

卫生间和浴室是公用的，在走廊的尽头。开间的小阳台朝阳，种着一些绿叶植物，哥哥说那都是可以吃的天然调味料。

爸爸让我把带来的植物百科全书拿出来，哥哥很高兴地收下了。

我根本不知道哥哥这么喜欢植物，不过在我们以前的家也确实没有空间给他种植物。哥哥笑出了两排牙，和我说了谢谢。

我反而有点不好意思了，装出一副无所谓的样子，退到一边开始玩手机，其实在竖着耳朵听他们的聊天。手机是有信号的，虽然不太稳定。

妈妈说，没带什么东西来，因为据说不需要。

哥哥说，这里什么都有，昨天牙膏用完了，今早就去拿了一盒。

听到这里我忍不住插话，又确认了一遍是"拿"，不是"买"，结果哥哥证明了这里确实一切免费，只要是必需的东西，都不要钱。

真是羡慕他。我每个月有零花钱，买了这个就买不了那个，总得分配好，想好怎么花，哥哥竟然没这种烦恼。

我问他每天都在干什么，他说，早上醒了去晨跑，上午去当学徒，中午吃饭、午睡，下午到处溜达，和朋友玩。

知道了他在空岛不用上学后，我的羡慕简直变成嫉妒。他说他在食堂跟师傅学做饭，当学徒。

跟哥哥聊一会儿天，我心里充满疑问。他以前在陆地上几乎没有朋友，因为"性格不好"，不和别人起冲突就谢天谢地了，从没听他说过自己有什么朋友，怎么才来空岛几个月就交到朋友了呢？是什么样的朋友呢？还有，他为什么要学做饭呢？以前他也从来不做饭的。

我们聊天的时候，有人给哥哥打电话。他们空岛有自己免费的手机，独立的网络。这当然也都不要钱，是保持联络的手段之一。

他说朋友找他去钓鱼,晚饭一起在外面吃。他很兴奋,准备出门,我们也一起跟去了。

步行十多分钟,我们来到岛的背面。那里有一片空地,有人生了火,有人在往钓竿上穿鱼饵,不远处有一片礁石围起的凸起,已经有几个人背对着我们在钓鱼。他们有男有女,年纪差不多,都穿着看起来宽松柔软的衣服,有几个人穿得完全一样,因为空岛商店里只有那么几种衣服,没人在乎是不是撞衫。

他们和哥哥说话的样子非常亲切,问他下午做了什么,肚子饿不饿。哥哥把我们忘在一边,直到他的朋友问他我们是谁。

哥哥把我介绍给他的朋友们,一个和哥哥差不多大的女孩过来拉着我的手,问我坐船累不累。我本能向后退,她还笑嘻嘻的,一点也不生气,让我帮她搭帐篷。

我当时就感觉到她,或者说其他的空岛住民都和我认识的朋友们不一样,可以说是天差地别。从长相到性格,全都不一样。

他们被海风吹得满脸通红;声音很大,说话都带着笑;手掌粗糙,我猜是整天劳作的结果。作为第一次见面的陌生人,他们过于热情、坦率。他们不拘小节,甚至不讲礼数,最重要的,他们似乎真心在乎我的感受，让我忘记了自己擅长的察言观色的那一套，而即便我没有刻意去迎合，他们也迅速地包容了什么都不懂的我，我好轻松。

那天，他们教我如何穿鱼饵，如何扔鱼竿，如何判断鱼是否已经上钩。我握着鱼竿，哥哥轻轻握着我的手，当我感觉鱼竿颤动、鱼吃上了饵时立即看向哥哥，得到他肯定的眼神后我猛地扬起鱼竿——鱼竿却弯成了一根弓——鱼被卡在礁石的缝隙里了！

哥哥笑了，他说这种情况他还没遇到过，只能叫更有经验的人来。他朝帐篷那边大喊："鱼被卡住了！"

不认识的男孩跑过来帮我们，有一个瞬间，我还害怕自己会不会被怪罪是我的错。

但哥哥在笑，那个男孩也在笑，欢乐的气氛说明一切都很安全。男孩换了几个角度拉鱼竿，鱼线却又缠上了礁石的角，这样来来回回好多次后，我们最终齐心协力把鱼竿拉了起来。

天色已经渐渐变暗了，只能隐约看到上钩的是一条不大的鱼。这是我钓到的第一条鱼，我一直盯着男孩把它放到桶里，又跑过去看。

那条鱼有点吓人，因为它眼睛奇大，大到就像快要被挤出眼眶似的。

哥哥说这是鱿鱼，夜行性，眼睛大是因为它天生胆小，不擅长和其他鱼打斗，为了自我防卫所以充满警戒心，始终在观察。鱿鱼也是鱼类里视力最好的，瞬间识别能力是人类的五十倍。

哥哥谈吐自如，沟通流畅，跟在陆地上判若两人。隔着篝火我看见妈妈在偷偷擦眼泪，我想她这下该安心了。

吃完晚饭，我们短暂地在海边坐着吹风的时候，我问哥哥，是什么时候学会钓鱼的？他说是来了空岛之后，别人教他的。

我还问了他其他问题，他都一个个耐心讲给我听。总体上说，他们互相帮助，做力所能及的事，自由自在地生活。

我犹豫了一会儿，还是问了他那个问题，我来之前就想问他的问题：在这里，他还会不会和别人吵架？

哥哥笑了，他说有时候会吵架，但大部分时候大家互不干涉，相安无事。我很意外，问他记不记得他曾经在妈妈同事来聚餐的那天，把一个男孩鼻子打出血，那又是怎么回事呢？

哥哥神秘兮兮地告诉我，他有超强的记忆力，能清楚地记得所有事。他不仅记得那天发生了什么，还记得他离开家时我在看的动画片的名字，哪怕他只瞥了一眼。关于那个动画片他说得没错,接着我又考了他几个别的问题,他真的都记得。

他说他每天做的梦,想忘也忘不掉,过多的信息和画面像是刻在他脑子里,过于鲜明的记忆有时候会把他逼疯。

我试着想象恐怖画面一直在出现在脑海里,赶也赶不走,只能被迫观看……光是想想就很可怕。对这种过目不忘的天赋,或者说负担,现在已经有很多研究了,它其实是大脑的一种缺陷,大脑失去了一种过滤信息的功能,但当时我们都不懂。

至于他打那个男孩的理由,他说是对方先来挑衅出手的,他只是没控制住情绪还了手。

"他骂我弱智,这无所谓,妈妈带我测过智商,我的智商没问题。我荡秋千,他从后面踢我一脚,我脸朝地摔下去,他还说你……说你坏话。我才打他的。"哥哥这样回忆着。湛蓝的星空下,他的样子和话语都那么陌生。

我第一次发现,他所面对的事情比我的认知更为复杂,甚至应该称为残酷,我却从未为他考虑过。

我的心头重重的,只能沉默。我们并排坐着,看着眼前的大海。海面没有一丝波澜,却散发着危险的气息。就这样过了几分钟,哥哥说:"他们讨厌我。我理解了,但他不应该那样说你,你又没有错,你都不在场!"他转过头来看着我,他的脸部轮廓、鼻梁、亮晶晶的眼睛……和我在镜子里看到的自己那么像。而我这才意识到我们血脉相连。

"你,你不是……不是弱智。你记忆力那么好,怎么可能是弱智?"我突然鼻头一酸,眼泪也掉了下来。

哥哥没再说话,只是微笑着看着我。我的眼泪却像决堤一样,冲刷着眼眶。

很多年后,有一次,我和丈夫吵架。

一切都将要变得风平浪静时,他突然自言自语:"毕竟连你哥哥离家时,你也没有哭。"他的声音轻柔,像是在劝自己别怨恨不知服软的我,像是在为我开解:我并没有对他特别糟糕,这只是我的性格。

只有我知道,他想说我的冷漠是骨子里的,连对至亲都无法改变。

我如他所愿,痛到哭不出来。

我想起第一次去空岛的那天。

哥哥离开家的那天,我没有哭,这是真的。而在哥哥离开家半年后,我们在空岛的海边聊天时,我泪流满面,这也是真的。丈夫只听我说了前半段就判定我是个"冷漠"的人,没有耐心等到我把后半段讲完——空岛的事，我的事，他自以为已经了解得够多了。

我想到我努力学他的语言——他的语言与我们不同，语句的顺序是名词在前，动词在后——我学了很久，后来有朋友指出我的名词词汇量足够，但动词则相对薄弱。

怎么会这样？我并没有刻意去学某种词性，避免去学另外一种。直到有一次我无意中发现，这是因为平时丈夫总是打断我说话——我要边说边想，中间停顿很久——所以很多时候我没有机会说到最后的动词。

但话说回来，我又怎么能要求另外一个人耐心等待，等待他所不知道的呢？谁会想到有时候，前半段和后半段之间会隔那么远，而不是紧密相连呢？

也许是我故意把它们分开得那么远，我设置了障碍，这样我就能知道谁是真心想听，又值得告诉的。当我确认没人真心想听、没人值得告诉时，我至少可以把它们深埋在心里，等某天自己再想起，或者忘了。

一个人当时没有哭，有可能他后知后觉才哭。一个人在人前没有哭，有可能他在自己心里已经哭过了。一个人本来想抱怨，但最终可能会哭出来。

也许就是因为这样,有时候我觉得心里潮潮的,好像多年前的眼泪还没风干。

七

　　去空岛之前,那里对我来说只是哥哥住的地方。

　　我的家在中央大道上的一处房屋内,准确地说,是在那处房屋里的一个单间里。那里有我的床,我所有的玩具,我收集的宝物们,是我的小世界。在附近生活的朋友们会来串门,我也会去他们家玩,我们一起在巴士站等校车,通过最小的事来区分彼此,拉帮结派。休息日我们带着各自的零花钱去买东西吃。我的生活是规律而狭窄的。

　　但去了空岛之后,我的世界的一部分突然变了。有些和我差不多大的孩子在岛上过着自由的生活,没有陆地上的各种束缚。我整天忧虑的事情,交朋友、学习,在空岛上根本不存在。

不用上学,一切免费,和朋友玩,没有攀比。哥哥去了一个好地方,我羡慕他。

那个好地方,只有亲属才能去。就我所知,学校里没人去过空岛。

我得承认这点确实让我有了一点优越感,有时候在学校食堂吃饭,新闻突然播到空岛的景象,我会莫名其妙有种自豪:我是实际去过的,我知道很多电视上不讲的细节,完全真实的细节。

我没有忘记那个女孩厌恶的神情,我只是认为,那不能代表所有人。

但我也没有勇气,真的在朋友们面前讲出来,万一,我是说万一他们都是这样的态度,我岂不是没有回头路了?我考虑这些,考虑了很久。

我很在意自己的发言会带来什么样的影响,这就是我的性格。还有,我一直隐隐觉得,这影响一旦带来,就不好消除了。

考虑的结果,我决定把去过空岛的事告诉我最好的朋友,鹃。

在我家的小阁楼里,我们听着最喜欢的音乐,这时我告诉她,我们上个月去空岛了。

我仔细看她的反应,她没有我想象中那么激动,只是淡淡地问我去干什么。

我说是去看哥哥。我们几乎不会聊到哥哥,但她一定知道哥哥的事,她还去过哥哥的房间呢。

她似乎对此毫不感兴趣。

接着,我兴致勃勃地跟鹃描述了我钓鱼的经历,以及那条鱼的样子,眼睛长得奇大,是为了保护自己。

我一定是说得得意忘形了,以至于鹃打断我时我都有些生气。

鹃看起来很严肃,跟平时嘻嘻哈哈的样子完全不同。她打断我,还让我不要跟别人说这些事。

我带着一丝固执,问她,为什么?

"你觉得他们会怎么看你?"鹃是这样说的。

我的某种预感在那个瞬间被坐实了,那不是什么好事。邻家女孩在听到"空岛"二字时的厌恶表情又浮现在眼前,鹃说"他们",指的是所有人。

难道所有人都会是这个反应吗?可是我清楚记得,那个女孩的爸爸妈妈都是空岛项目的热心分子,那个女孩的爷爷好像还是空岛选考会的成员呢。空岛始终是电视上宣扬的热点案例,文明进步,这难道只是我的幻觉?

我很想反问一句:"会怎么样看我?"与其说是反问鹃,不如说是反问自己,我希望自己知道真相。

但当时我有一种感觉,从来不说重话的鹃的眼神像是在央求我不要逼她。

"不要逼我说出来,那些不好听的字眼。"她就无声地那么看着我,脸上写着尴尬和害怕。当然,这些话她没说,是我感受到的。

到头来她只默默地说了一句:"你知道的。"

我假装无所谓,假装自己知道她的意思。鹃没有再多说什么,过了一会儿她就回家了。

那晚鹃走后,我躺在床上,把自己埋在被子里。说不清楚是什么感觉,只是感觉好累。

空岛在很长一段时间里对我都像是一个谜,我收集、观察,竭尽全力去猜,却没有把握,有种被耍的感觉。

大家都说空岛是好东西,社会上很多人关注、议论,印证了我的猜测。当我有机会亲身接触这个好东西时,又有一点线索证明有人并不喜欢这个东西。我想再好的东西,有人不喜欢也正常,结果我最好的朋友劝我别跟这个东西沾边才好,别人都不会喜欢,我相信她应该是为我好才这样说的,那么问题到底出在哪?

我想到唯一的答案,就是空岛对成人世界和孩子世界的意义是不同的,更有可能是孩子们的眼光幼稚,还不能理解成人眼中的世界。

我从来没有想过要反叛什么,更不会贸然挑战我身处的世界——孩子世界的规则。我彻底打消了和朋友们提空岛的想法，虽然那时我们经常去看哥哥，但我从没跟别人说过。

如果我再谨慎一点，没有在一篇作文里写到去空岛的事的话，后来的事情可能完全不一样。我没想到老师会在课上把那篇作文念出来。

老师念完之后，和电视上那些评论家一样，赞叹着空岛。"文明进步""模范试点""珍贵体验"这些了不起的词从老师的嘴里蹦出的同时，我听到了同学们的窃笑，整个课堂变得荒诞不经。

我心里发慌，就像很多次，哥哥惹事的消息传来之前我就感知到的那样：糟糕的事情已经发生。

下课后，一个从没交谈过的同学走过来问我，为什么去空岛？与其说是问，不如说是挑衅。他的冷笑让我想跑。

还没来得及想太多，就有一个声音替我回答了："还能去干什么？看她的弱智哥哥呗。只有家属才能去，我们想去都去不了呢。"

笑声四起。当那个谜被肢解后四仰八叉示众时，我感到了痛，这才发现它原来是我身体的一部分。我把玩它，为它困惑，自娱自乐，是因为我疼惜它。

在那天之前，我成功地混在人群中，披着和学校里那些核心人物类似的外衣，不起眼，但是安全。那天之后，情况却急转直下，就像是我和世界之间的一层膜被撕开了，有些话一旦有人说了第一次，接下来就会有无数次，"空岛"像一个打破了封印的怪物，在班上流传开来。

老师不在的时候，班里的一些好事者在我面前故意提起空岛，或者是向我求证电视上说的关于空岛的某一个细节是不是真的，最后他们会大笑着离开。

还有更恶毒的人，直接问我住着一群疯子和傻子的空岛是不是很吓人。

曾经以自己的方式警告过我的鹃，忧心地看着我被嘲弄。只有我们两个人的时候，她安慰我，是他们太过分了。

虽然她也和我一样不敢反抗什么，甚至在别人欺负我时默默走开——我并没有期待她愿意跟我一起受辱，那对她太不公平了——但至少她让我知道自己不是一个人。

鹃好心提醒我，至少在学校里，和空岛划清界限比较好。我问她具体应该怎么做，她支支吾吾地说，和你哥哥划清界限，说他坏话，说你们根本不是亲兄妹。她还说，反正这些陆地上的事，哥哥不会知道的。

我非常生气,和鹃大吵一架,为了让她难过,我特意说了伤害她的话——她总是当转校生,无论走到哪都知道该怎么讨好别人——我真不该把她当秘密告诉我的话做成箭刺向她,何况我知道她本意肯定是为我好的,但那天我真的非常生气,兀自说完后把鹃一个人留在原地就走了。

接着我央求爸爸给我请了两个星期病假,每天赖在床上,昏昏沉沉。鹃打过几次电话到我家,我都没有接。

两个星期后,我回到学校,迎接我的是书桌上用粉笔写下的"弱智妹妹"四个大字。我忍着眼泪,回过头想找鹃,发现她的桌子是空的。原来她随父亲工作调动搬家了。

我失去了最好的朋友,而针对我的攻击不减反增。"珍爱每一个未来",我却感觉自己的未来被抛弃了。

那之后很多年我没有再见过鹃,和她也没有任何联系。直到有天我在购物中心碰巧遇见了她,她正排在我前面缴停车费。我们都已经是中年人了,但我一眼就认出了她,她的酒窝和自然卷一点都没有变。

我叫了一声她的名字,她回头看到我,过了几秒钟才反应过来。

"啊!"

"是我。好久不见,你还好吗?"

她说自己早就结婚了,生了两个孩子,现在是一个全职主妇,他们全家常年住在外地,这次是回来探亲。

接下来的一个小时,我们仿佛又回到了少女时代的小阁楼,人手一杯甜得发腻的饮料。

"还记得我们以前总是喝这个吗?"我扬扬手里的纸杯。

"现在对我们来说太罪恶了,这么多糖分根本代谢不掉,就堆在这里。"她笑着指着自己的腰。

我惊叹于她的腰围比起少女时代差不了多少,她神秘兮兮地告诉我,她每周都要去健身三天。

"太难了,有两个孩子,根本就找不到时间,每天都像上战场一样。"她说,"基础代谢率在降低,却还得维持以前的体型,不然……"

我等着她说下去,她却停住了。我低头又喝了一口饮料,想把话题转开,如果她不愿意谈,我想不出任何理由逼她。

"人家说想要看起来毫不费力,就得背地里特别用功。身材、丈夫、孩子,都是这样的。"鹃突然说。

"可能这话没错。你看看我,因为背地里根本不用功,看起来就很费力。"我以为这句话能让她大笑一场呢。小时候她很爱笑的,特别是我的刻薄话,总是能击中她的笑点。可那天她好像没听到我说话似的,一直在想自己的事。

"你的两个孩子呢?"我问她。

"感谢老天,发明了商场托儿所这种东西,就在这个购物中心的二楼,你看到那边的蓝色窗户了吗?就是那儿。最多能托管两个小时,在此期间妈妈们就能安心购物,为商场营业额作贡献。谁最能带动消费?当然是妈妈们,商场真是想得很周到呢。"

"真好。不过……我没有孩子。我早就决定不要孩子。"我有点不知道说什么好。关于孩子的事,我向来插不进话。

"真的吗?我一点都不意外。我也坚持了很久,但没有你坚强。自治会打电话问,周围人关心,电视上天天谈少子化,搞得我都有种错觉,生两个孩子就能解决全社会的难题了。生完两个,社会的难题没解决,但我的难题解决了——没人盯着我了。"

"鹃,我想跟你说,当时我不该讲那样的话。我不知道你又要搬家。"不知道为什么,这个时候我很想说些什么话抚慰她,她似乎很不快乐。

"什么话?我已经不记得了。这个饮料我不能喝了,太甜了,会上瘾,然后不知不觉,哇,你就变得不像自己。如果我吃胖一点,他们看我的眼神立马就会不一样了。作为一个妈妈,'邋遢!''没有自制力!'怎么教好孩子?如果我装作不懂那套规则,他们就会惩罚我的孩子。你还记得那个单眼皮大眼睛的女孩吗?我们的朋友?同一个班的?我想不起她的名字了。她妈妈提出离婚后,我们是怎么做的?立即和她划分界限。我一直想问你,你们家是怎么说她妈妈的?反正我们在家里说得很难听,'她妈妈和别人不一样'就是最终的评价。'不一样'就是最坏的评价啊。"

我记得那个女孩,我们冷落她,无视她,直到毕业。尽管我们做纪念册,写祝福语,但我们都知道做那些无非是维护各自父母的面子——"你家孩子心真细。""你家孩子真有心。"——他们必须得听到这些。

"现在的情况比当时更糟,我们当年只是不和她说话而已,现在……你不知道现在的孩子有多残酷,他们的家长对和自己不一样的人有多么排斥,虽然表面上完全不是那样的……唉,其实我没有资格说这些话,因为我也是这样对别人的。有时候站好队比做什么重要,只要你用心,很快就能发现谁是一群人中不一样的一个,千万别和他走太近!不然连你也一起被排除在外。线索渐渐明显,新队伍正在形成,找准时机表达你的立场,告诉他们你站好队就行了,很简单,但我花了好长时间才明白。话说回来,欺负一个人总比被一群人欺负要好受得多。"鹃挤出一个苦笑。

这时我才恍然发现,鹃一定是把我和别的人弄混了,不然她不会在被欺负过的我面前说这些话。她把我当成谁了?一个短暂相处过的同学,一个不太熟的同学,还是随便什么人都一样?她并没有想要听我说话的意思,不是因为她没有礼貌,而是因为她的身体里已经容不下更多了。

想起很多年前她脑筋灵光、轻快温柔的样子,我忍不住一阵心酸。

"你一定很辛苦。"我摸了摸鹃搭在桌角的手,她的手柔软又细嫩。

"很会讨好别人,有人这么说过我。"这时我看到鹃脸上有一种柔和的笑容,一闪而过,"我想那就是我的长处。"随即她就恢复了那副精致的表情:嘴角恰到好处地上扬,眼神明亮。

"还有十分钟就到时间了,我要去接孩子了。还要送他们去学网球呢。"她站起来,对我伸出双臂,给了我一个拥抱。然后,她扑哧笑出了声,我顺着她的视线看过去,我身后年久失修的楼梯侧面,掉了大半的喷漆大字隐约可见。

"珍爱每一个未来。"

那时纵火案已经过去有段时间了,曾经风光一时的宣传口号,在各个地方逐渐消失,我也是很久以来第一次看到那行字。

有那么几秒钟,我以为鹃会想起空岛,想起我,但她只是笑着说了句:"字都掉了,这都没钱修吗?早就说这商场应该延长托管时间,多创收。"然后她就消失了。

直到最后,她也没想起我是谁。这个事实让我受了打击,以至于她走后我全身乏力,根本走不到车子那里,在路边坐了好久。

现在想想,长大的过程中,包括丈夫和我争吵时,有很多次我被提醒:其实在整件事里,我没那么重要,或者干脆与我无关。但和鹃的这次见面无疑是最直观的:我一直把她当作某个时期里最重要的朋友,重要到空岛的事里还有她的"参谋",但她竟然不记得我是谁。

而更顺理成章的是,对我们全家人如此重要的空岛,可能在她,或者任何与空岛没有直接关系的人那里,都不值一提。

如果我能早点醒悟到这些，也就不会为纵火案刚发生后，那些记者胡乱写的文章而生气了——他们想着法子把空岛弄得神秘兮兮，不正是因为真实的事情没人真的在意吗？不仅是记者，看新闻的人也不在意，没人在意。

大家都很明白，不管多残暴的事件，总会被新的热点覆盖，再匪夷所思的犯罪，也绝不会仅发生一次。所以大家捂着脸感叹，人心复杂、世风日下，然后就去过自己的日子了，谁也不会让不幸的气息沾染到自己的生活，每个人都有自己的生活，容不下更多。

八

空岛大火的两年前,我去看哥哥。就是那次我发现空岛和以前不太一样,最明显的一点,就是手机不能再带上岛了。

在坐船之前要寄存自己的电子产品,如果需要,他们会给你发一个只能在空岛上使用的手机,只要离开之前还回去就好。

他们的解释是空岛有了自己的通信网络,陆地的很不稳定——不稳定这点我早就知道了,但因为不稳定就不让带上岛,这个因果关系不成立。我偷偷在网上搜索过,想看看有没有人跟我有类似的反应,但什么也没找到。

空岛真正实现了一半自给自足,一半由 S 区援助,除了第一批孩子以外,每年空岛都会接收一些新的幸运儿，空岛实现了帮助弱者的理想，是令人骄傲的尝试，经常有外籍记者去取经。我的那一点疑惑根本就不值一提。

从那之后，去空岛的手续开始变得烦琐，上岛之前要登记、留宿不能超过三晚这些条例刚出来时，我实在忍不住，打热线电话问过这些事。

接线员温柔地回答我，因为空岛的福利是仅供在岛内使用的，免费的食堂，免费的商店，吸引了一些陆地居民长期停留，已经造成了空岛的财政负担。

想到空岛的初衷是为了保护孩子，而不是给所有人任意观光，我很自然接受了接线员的解释。

再后来，我收到的哥哥的来信是被拆过的。这件事，无论如何我都没法说服自己。信被拆过，而且拆得光明正大。是谁拆的？他在检阅什么内容？哥哥寄出的全部信，都送到我的手上了吗？

信我只给丈夫看过。收到的时候，我就觉得奇怪，想让丈夫注意那个齐刷刷的切口。为什么搞得像是监狱一样？难道只有我一个人这样想？

丈夫没说什么，他觉得是我在细节上追究太多。

丈夫说，我们都不是管理治理的专家，如果每个平民都对空岛项目指手画脚，那最大的可能就是这个项目本身就不会成型。

"为什么要儿童教育专家给孩子们做评估,而不是大家投票决定哪个孩子该去?因为交给大家,每个人都会有自己的角度,不可能有统一意见,事情只能无限期拖延下去。"丈夫说。

"专业的事交给专门的人做",这是他的口头禅。作为医生,他最讨厌病人自证病情、疑神疑鬼。"有时候表面上看着简单,好像人人都懂一点,但实际上差得远。"我怀疑这句话他是拐弯抹角讲给我听的,但我没有证据,只能假装没听懂。

如果没有空岛,如果哥哥没有去空岛,我不敢想我们家后来会是什么样。空岛的确给像哥哥那样的孩子们提供了一个真空皿,保护了他们。我想丈夫的意思就是,如果一件事大体上成功,就不要追究细节上的瑕疵——何况我无法论证那就是瑕疵,而不是必须。

我们结婚后,要搬新家时,房屋中介兴致勃勃地给我介绍了二楼的婴儿房。他在介绍时,替我们热切畅想孩子出生后的生活场景,想要把那个场景当作筹码推给我们。而当我礼貌地告诉他,我们会买下这里,但这间房我们需要改造,因为我们没有要孩子的计划时,他露出了接连数日的相处中最不友好的表情。

当我和丈夫独处时说起这事,他却说没这回事。

不光这一次。邻居老奶奶也曾在得知我们没有孩子之后,露出类似的表情,同样地,丈夫说,他不知道我在说什么。

不生孩子,明明是我们两个人在结婚前共同做的决定,明明是关于我们两个人的事情,他却看不到别人奇怪的表情。

"是你自己在内心设定他们会有某种反应,才会看到不存在的表情。"丈夫这个人,总有办法以各种形式终结掉我的疑问和不安,第一步,否定事实,以此证明我的疑问和不安根本就不存在。

然后呢?如果我坚持那是事实,他就会劝我别追究那些表情,既然别人对我们大体上客气友好,又何必盯着一瞬间的表情大做文章呢?你自己也有不能细究的心思吧,如果别人把你放在放大镜下观察,你有信心自己是无可挑剔的吗?一些潜意识里做出来的、无法自圆其说的小动作。他会这么说。

最后,他会给我一些安慰。他说:"你把自己框起来了,其实那个框不存在。我们不要孩子,伤害到了谁呢?没有人。所以没有人会因此针对你。"

我们讨论的大多数事,都是以他辩赢、我沉默为结束。从另外一个角度来说，这也说明他很有自信。他总是对他所赞成的事充满自信，以至于能辩驳到底。而我，经常半途开始心虚，草草结束战斗，可能正是因为我不能确定、没有把握。

我不确定。多少年来我都搞不明白，太多次，面对同一件事，我和丈夫却总是看到不同的东西。我们无话不谈，没有秘密，真心想要了解对方——但我们却总是看到不同的东西。

这个事实让我灰心丧气：我们到底无法通过努力来完全了解另外一个人所看到的世界，无论我们多么亲密，多么想要站在对方角度看问题，我们永远都是他人。

这么多年，我都把问题归结为这个。

直到住进这里几年后，我天天无事可做，把过去的事反复拿出来想。我想到了另外一种可能——不是他糊弄我，也不是我们之间沟通不畅——我们看到的根本就是不同的东西。

自治会催生孩子的时候，确实只给我打了电话，哪怕在没有孩子这件事上，丈夫应该和我是同样的立场，但需要解释和回答的只有我。那个中介和邻居老奶奶也一样，他们也许确实没有在丈夫面前露出那个奇怪的表情，只是看我的眼神不对劲儿。会不会是这样呢？

我也说不准，我想这些只是打发时间罢了。

总之，我曾经对空岛的变化感到不安，诸如信封这些事，我只告诉了丈夫，因为我也确实没有别的人可谈论这些。而丈夫认为一切都是我性格所致，我总在追究不重要的细节，是我自寻烦恼。他说我会因为某天的鸡蛋比往常大，而沉思气候变化带来的后果。他是把我的这种性格当笑话来看的。

我接受了他的嘲笑，认为这些事不该我管，不该我想。我也承认，按他的想法来生活，能轻松不少。这不也是我决定和他在一起的理由之一吗？人总会被自己没有的东西吸引。

还能怎么说呢？他比我想问题实际很多。比如信被拆过的问题，我要去找谁才能问到满意的答案？如果真有人说，我们拆的，要看看里面是什么内容，我又能怎么样呢？我能说，你们不许这样，你们再这样我们就离开空岛吗？说到底，我们有什么筹码呢？

太多事，我都觉得好被动。什么都不懂，什么都无法管，什么都不能改变。

可能最好的处理方式，就是寄予希望吧。希望是自己性格的问题，只要不去追问，任何事都不算太难。信封的事，后来就不了了之了。

又过了两年，空岛化为灰烬，相关报道越来越少,我再也没去想那些奇怪的事。把自己多余的神经小心翼翼收好,去关注和享受那些人人在乎的事。

这么多年,我就是这样活过来的。

后来,我作为遗属,得到空岛基金会的援助,静静地生活。住进机构,我把房子卖了,全部积蓄拿出来也只够付前三年的钱,那之后直到现在的钱,都是基金会出的,只要他们一声令下,我就得拎着我的小箱子离开这儿,可没了机构的护工,我连一步都动不了。

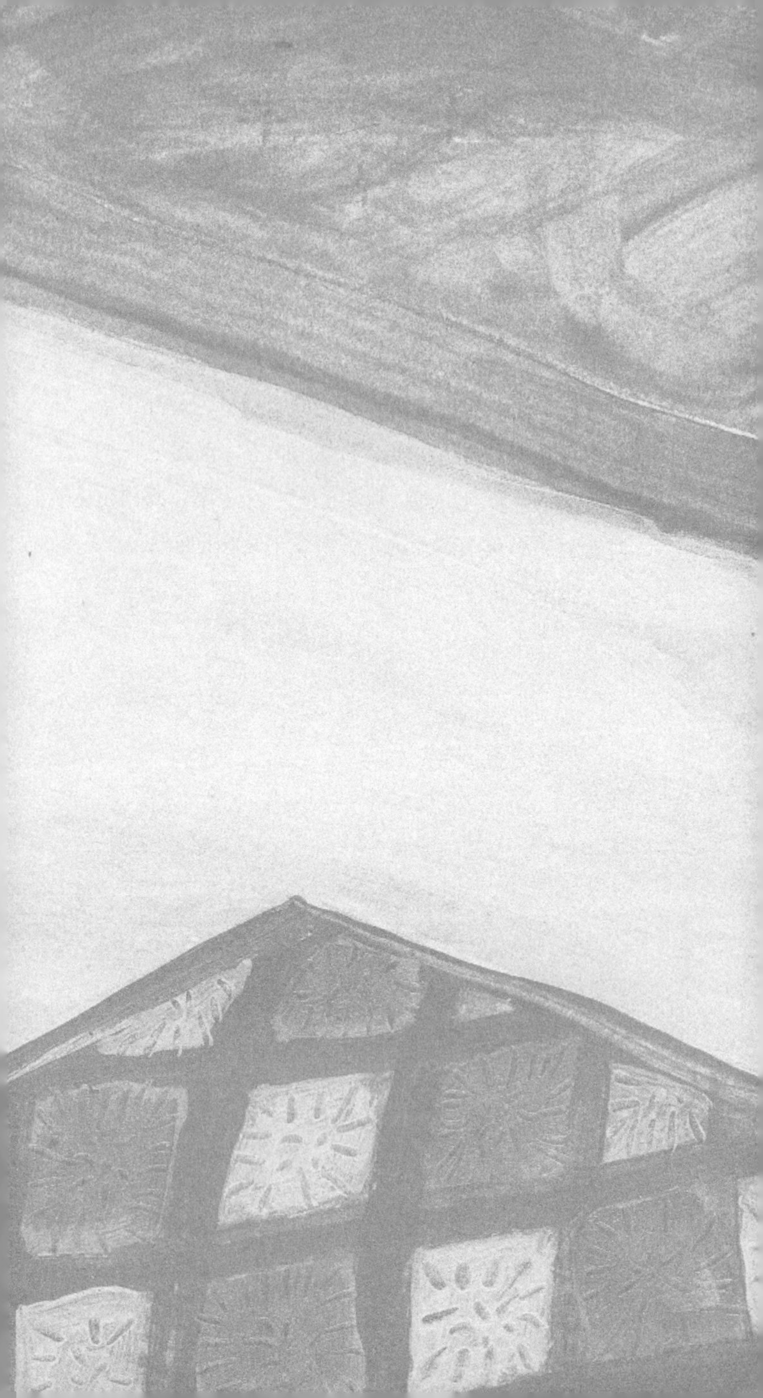

第二部

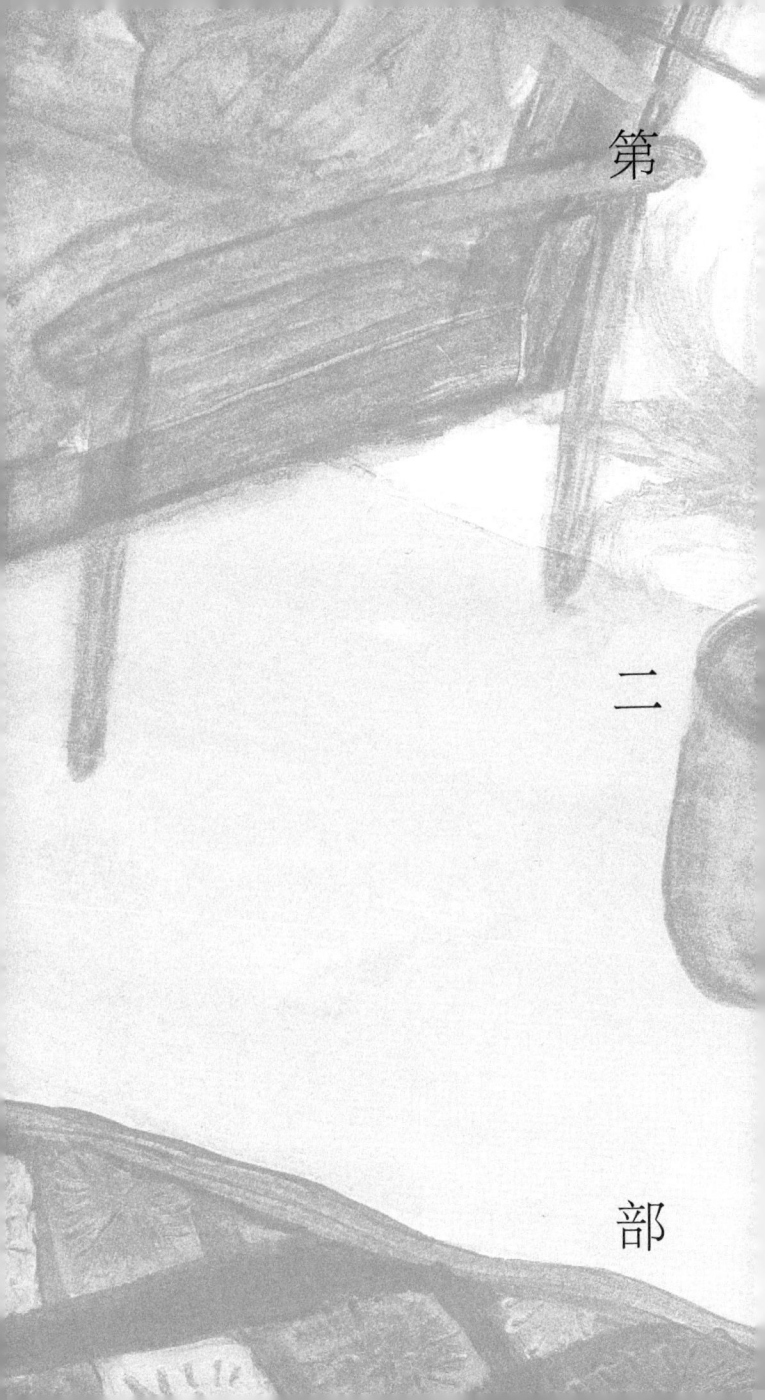

一

活动厅已经不再是我熟悉的模样。它本由一个中央舞台、几排观众席、一台钢琴组成,所有的设备都是沉静的深棕色系。

现在它已经被装扮成一个儿童乐园的样子了,色彩斑斓。观众席变成了蹦蹦床,钢琴不见了,中央舞台还在,只不过铺上了厚厚的防摔垫。

我还记得十年前第一次来到这个活动厅时的样子,那时我还不用全靠轮椅,手也不会抖,对这里的一切充满新鲜感。

那天,负责人意气风发地站在中央舞台讲话。他说有很多养老院已经开始全面投入机器护工,但这不符合他的理念,坚持全人工护工,会一直是这里的特色。

我衷心为他鼓掌。听说他给护工的待遇很好，很多护工在这工作多年，他们互相尊重。

我住进这里之后，每个月的例会都在这里开。大部分人都会参加，除了放弃权利的人。我们会讨论一下各自的需求，传达上次意见的反馈，等等。除此之外，我们可以接触很多平日碰不到面的老朋友，这总是高兴的事。

当然，有时候例会让人昏昏欲睡，尤其是在谈到一些数据时，下面经常有人打呼噜。有次我正努力想搞清楚台上在讲什么，突然有人喊，什么时候吃饭？要签字拿过来，签完就能吃饭了吧！

大家都笑了，是那种善意的笑。

站在中央舞台的负责人很憔悴。在一堆可爱的玩具中，他有些局促地拿起了话筒，对着台下稀稀拉拉的老年人开始讲话。他说这是他最后一次出席例会，以后的疏散工作会由别人接手。

"如果你们有任何要求……"这句熟悉的话是每次例会的结束语。通常，在负责人说完这句话后，台下就会有各种声音响起，关于伙食、护工、散步、设备、活动种种，不管多小、多不重要的事，大家总是七嘴八舌，有话要说。

负责人低下了头，说出这句话后他就后悔了，因为他知道，他已经没有任何权力，也做不到任何事了。

可台下鸦雀无声。

我们曾经在例会上争先发言、各抒不满，插足自己并不熟悉的领域，对一切畅所欲言。

可如今面对最荒唐的决定，没有人有异议，甚至没有人抱怨，大家只是沉默地散去了。

这让我意识到，我们一直以来的"自由"其实是被束缚在一个巨大的框框里，巨大到我们以为自己真的拥有自由。或者说，我们也许真的一直拥有"自由"，只不过它始终不能越过被允许的范围。

最让人心酸的是，我想我们都明白这一点。至少是我，终其一生都在探索那个边界——到底不能超过哪条线？我不会真的超过的。

明面上，我可以选择在空岛纵火案后要求彻查，把心里的疑问全都公布天下，但莫名的恐吓吓到了我，于是我闭了嘴。

明面上，我可以不接受空岛基金会的资助，但我没有孩子，经济状况负担不了高额的养老院费用，于是我收下了资助。

我有自由不去接受那个女记者的采访吗？没有。这事已成定局，他们从一开始设定这个任务时，就没考虑过我拒绝的可能。

藤的自负无可厚非，他确实有王牌，没有资助我根本活不下去，我只能接受任务。

但我佩服那个年老下属，他一直试图给我提供一个"意义"，接近妈妈，保护孩子，社会责任，之类的。他懂得人必须为自己已经决定要做的事赋予意义。这不仅能让我接受任务，还能让我自发地想要认真完成任务。

藤粗暴地提示了我的"自由"边界——我想要继续养老院的生活，就得付出和不认识的人谈论空岛的代价。

而年老下属给那个边界加了一层防撞垫——我接近那个女记者，是因为我担忧她女儿的处境，换个更正式的场合，我甚至可以说我是担忧我们全社会的处境。

防撞垫保护儿童不会磕到碰到关键部位，也保护我脆弱的自尊心。

这改变不了什么，边界始终都在。大部分时候我只是骗自己，说我有选择，其实我没有。

在被告知的时间，我静静坐在窗前等候，等一个对空岛格外热心的女记者来，问我关于空岛的事。

那些我发誓永远不对别人说起的事。

发誓，不过是一时的情绪所致，要活下去，却需要长久的布局和盘算。

从很小的时候我就被妈妈嘱咐"照顾好自己"——因为她必须照顾哥哥，没有功夫管我了——这成了我一生的主题。我琢磨了很多种方法渡过眼前的难关，面对挑战也不放弃，"照顾自己"。我经常听到别人抱怨，父母对自己给予太多期望，让他们觉得沉重。我不敢说出自己的羡慕：我的身上没有父母的期许，只有"照顾自己"。我早早离开家，一个人经历很多事，在身边的人相继去世后，我还活着，而且只要我完成儿童部交给我的任务，我可能会活得更久。通过各种手段，我把自己照顾得好得不能再好了。

等待的时候，我做了个梦，梦里我变成了小女孩。妈妈一会儿在哭，一会儿变得不耐烦，眉头拧紧，就像以前一样。我没有撒娇，因为我不知道如何跟她开口。另外一个我飘浮在空中，期待自己能开口索取她的爱、她的注意力，我甚至期待自己能任性一把，大哭一场。但我动弹不了，只能沉默地看着自己幼小的身体。"照顾自己"像个诅咒，永远地剥夺了我的一部分本能。

轻轻的敲门声打断了我的梦。睁开眼，桌上的镜子里映出我爬满斑和皱纹的脸，我早已过了妈妈去世时的年纪,是个平庸的老人。

"您的访客。"石热情的声音从身后响起。

她来了。

她自我介绍叫琼,很瘦,声音不大,我猜她最多三十岁。

"你想知道什么?"等她坐下来,我开门见山地问她,"图书馆有很多资料可查。"

"我看了很多资料。能找到的,我都看过了。所有内容都大同小异,'一个伟大的尝试''一件让人痛心的犯罪'。"

"也许这两句话就能概括所有事情。"

"怎么可能?"她眯着眼睛,表示不接受。

我立即明白,她是认真的。

这不是我第一次遇到记者,三十年前,空岛纵火案刚发生不久,一个塌鼻子记者在家附近拦住我,眼泛泪光地请求我和他聊聊。

"我自己也有一个女儿,一个儿子。一想到这种事,心里就难过得不得了。"他说得好像感同身受,他是一个爸爸。

我当时浑浑噩噩,没有想清楚,哥哥在纵火案中去世,全家都沉浸在悲伤的情绪里,也让我变得更脆弱。我听妈妈的话,在所有找上门来的媒体前沉默不语，那天却为那个爸爸破了例。

我们在我家附近的公园聊了一会儿，他很关心空岛出事后我父母的精神状态，尤其是我妈妈的。他还问了我很多空岛建成之时的细节。

我流着泪，把知道的全告诉了他。奇怪的是，他泛泪光的眼睛里闪出了兴奋的亮光。最后，他还坚持要为我拍一张照片，他让我侧坐在长凳上，抬头看着树上的红叶。

后来我再没见过这个塌鼻子记者，但从几天后的网上新闻里我第一次知道了他的姓名。那篇文章叫作《幸存者女儿亲述：妈妈，是你葬送了哥哥》，配图正是他为我拍的那张照片。照片上的我看起来像是在赏红叶的游客。

那篇文章是个开端，我们的隐私被陆续暴露和伤害。在那篇文章以及其他几乎所有的报道里，空岛都被描述成一个可怕的存在，即便它建立的初衷是积极和友好的，但已经没人想知道了。

我得到了惨痛的教训：我们作为受害者家属的痛苦，对一部分人来说，只是被消费的对象。

我没有再接受过任何记者的采访，这并不妨碍他们编造文章、胡说八道。他们的写法和角度五花八门，但有一个明显的共同点，就是爱把事情简单化，好像生怕复杂的情况会带来什么有害物质一样，用心简化每个形象——空岛疗养院住着特殊儿童，他们的性格都有问题，融入不了社会。空岛30年时，一个精神失常的人在空岛点燃了一把大火，谁也不能理解他在想什么。这就是全部。

怎么可能？

我解释不了，但这不意味着我觉得这事没有蹊跷。当我问出报纸上没有谈到的问题时——凶手是如何登上岛的？他的动机是什么？空岛没有一个生还者吗？我哥哥的遗骨在哪里？——所有人讳莫如深。他们说时机到了自然会回答我，但他们很快就消失在各自的生活里。等过了一段时间我再找到他们中的一人，那人却像防瘟疫一样离我远远的，他说："你别来找我，这事已经不归我管了。"

我又去了几个地方，终于确认这事已经没有人在管了。简单的结论早就写在了各处报纸上，处理完毕。

琼让我想起那时的我。即便所有人都劝我息事宁人、接受一切，但我就像现在的她一样，不满意这样的结论。她几近面红耳赤地告诉我，她不相信这些就是事情的全部。她过于激动，我不相信她只是为了写一篇文章，何况是在空岛已经消失三十年后，怎么可能还会有记者想再挖出点什么？

"作为家人，不可能接受这样的结局。"她用不解的目光盯紧我。

我就在那时明白了,她和我一样,有家人在那里。按她的年龄计算,也许是她的父母辈。

"你到底是谁?为什么要见我?我们的时间不多。"我看了看时钟,谁知道接下来会发生什么事。

"我的养父母——我是一个被收养的孩子——去世之前,告诉我,我是空岛的孩子。他们从没跟任何人说过,可能是怕给我带来不好的影响吧。"她低下了头。

"什么?"没有任何资料记载,空岛上诞生过婴儿。空岛存在的三十年间,没有任何新闻是关于孩子的,即便最早上岛的孩子已经成了中年人,没人关心他们的后代,更现实一点说,大家默认他们不应该制造后代。

"空岛大火发生的半年前,有人把我放在了养父母家门口,一个诊所门口。一张字条,写着我在空岛出生,还有我的父母给我起的名字。"她抬起头看着我,"据说是空岛专用信纸,水蓝色的花边。"

我的贵重品保管柜里还有哥哥的信,都是空岛专用信纸和信封,那是仅供空岛的,描着水蓝色的花边。

"我只是想知道我的父母是什么样的人。我找了所有资料，跑了很多地方，没人理我，他们都不知道以前的事。只有一个年纪很大的人告诉我，以前有个人和我一样'难缠'，问了好多问题。我一直求他，他才告诉我您现在住在这里。我给您写信，一直没有回复。可上个月，突然有人联系我，说我可以来见您。"

"我没收到信。"我犹豫了一下，还是没有说出儿童部在其中插手的实情，"我不认识你的父母，我也不知道空岛出生过孩子。"

"但您的哥哥在空岛，您也去过空岛。那里真的很可怕吗？"她看起来像是要哭了。

"传言是想把空岛说成一个可怕的地方吧。那些孩子动不动就会打人、砸东西？不是这样的，他们只是难与人沟通，偏执。他们中的大部分人，智商都没问题，甚至比我们陆地上的人要高得多。"

"真的吗？"琼想让我继续说下去。

我告诉琼，我在空岛认识的一个女孩的情况。那个女孩最擅长叠衣服，每个角都整整齐齐，哪件在上哪件在下，全有规矩。这对她来说是神圣的事，如果谁打扰了她，她真的不会手下留情。

这样的女孩在陆地上生活会非常困难，没人会把她的特长当回事，不，应该说大家会认为叠衣服不是什么特长，只是一种怪癖。

可在空岛上没人会这么想。她必须把衣服叠完才能做别的事，只要理解这一点，大家就不会怪她不按时出现在吃饭的场合，等她叠完再单独吃就好了。再说，安静地叠衣服又不会影响到谁，还能帮到大家，大家都感谢她。她给大家叠衣服，按先后顺序，没人要求她在多长时间内做完，她也没有必须要去的地方，只要她肚子不饿，完全可以做到自己满意为止。

在陆地上，这是不可能的。会有人催着她尽快赶某一个时间，也许是坐车的时间，也许是上学的时间，也许是集体行动的时间……还会有人质疑她所做的事的必要性——这是很好听的说法了，事实是大家会嘲笑她"傻"，那些更伤人的话，我不忍心去想。

"他们不会主动伤害别人？"琼问。

"是的。但他们总会被伤害，在陆地上，就因为他们跟别人不同。没错，他们中有些人是很难沟通，非常情绪化，但他们不是怪物，只是一群有缺陷的孩子。只要多一点耐心，就能明白他们每个人对特定的顺序和规则有执念，这并不代表他们会无缘无故地想要引起争端。"

琼从一开始就攥得紧紧的双手，终于放开了。

我的面前，坐着一个空岛出生的孩子，这当然是我无论如何都没想过的，我很吃惊，但同时我有点感动：她只是想知道自己的父母不是怪物，这对她来说很重要。只因为我去过空岛，我短短的几句话就能给她很多安慰。

"你真的有报道要写吗？"我看她不再那么紧张，开玩笑问她。

"我是真的想采访您，想把空岛的事写下来，但不是报道，报道写不清楚这些。"

"我支持。"

"如果可以，我可以继续问您关于空岛的事吗？"她把头转向窗外，"六十年前空岛建成，三十年前空岛发生纵火案，现在的人只知道这两句话。再过三十年，谁也不会记得空岛了。可那么多鲜活的生命存在过，就算是为了对他们的纪念，也不应该忘，不应该是这样的。"

"不应该是这样的。"最终带着遗憾和自责离开人世的妈妈，也说过类似的话。她把哥哥送到了空岛，是因为人人都说那里是好地方，可事情到底在哪里出了差错？她也不明白。

"告诉我，你想知道什么？只要我知道的，我都会告诉你。"

"首先，为什么有了空岛？"

"你进来的时候看到这里已经变成'儿童院'了吗？一个星期之前，这里还是'养老院'。现在老年人要给孩子让位子，排后面。"

"我注意到了。"她有些尴尬，"可这和空岛有什么关系？"

"今天人人都在谈孩子，怎么对孩子好，怎么保护他们，因为孩子确实越来越少了，可对生育率的忧虑并不是今天才突然出现的，任何事都有一个缓慢的过程。六十多年前，人们就开始意识到这个问题，空岛就是其中的一个解决方案。"

"保护孩子？"

"简单来说，就是这么回事。把不适应环境的孩子集中起来，在离岛上建一所疗养院，世外桃源那样的，而且免费。"

"所以大家都说空岛是伟大的事业。"琼点了点头。

我提到税收，这是空岛的血脉，她却表示对此几乎一无所知，于是我不得不花一点时间，向她解释税收的用途，以及 S 区的贡献。

"为了帮助一些孩子，才有了空岛儿童疗养院？"琼问。

"是的。"

"这样一个免费设施，什么样的孩子能被选上呢？名额总是有限的吧。"

"这由儿童福利机构的教育专家来决定。申请的孩子需要经过评估。"

"标准是？"

"综合来说，按需要进疗养院的必要程度来看。"

"把他们和陆地的孩子分开，您觉得是好事吗？"

"我可以明确地告诉你，在我们这个世界，那些孩子想要活下去很费力。实际上任何人活下去都很费力，只不过你和我还能承受而已。"

我看了看时钟，再过十分钟就到用餐时间，石会进来结束我们的对话。我记起自己的任务，虽然这只是第一次见面，但我至少得让琼说说她自己的事。

我做出一副有点累了的样子，转了转脖子："空岛大火那年出生……所以你今年三十岁？"

"是的。"

"真年轻。我的岁数肯定比你妈妈都要大。"我看到她也换了一个更轻松的坐姿，于是继续说道，"不过呢，我没有孩子。"

"我有一个女儿。"她笑了笑。

我本计划要再多问几句关于她女儿的事，比如今天她女儿在哪里，但突如其来的一阵疲倦席卷了我。事实上，我感到胃里一阵翻涌，我想吐。

按下轮椅上的按钮，石很快就进来了。他带我去了卫生间，把我从轮椅上抱下来。对着马桶，我把胃里的东西吐得一干二净。

"您这是吃了不好消化的东西吧，晚饭我让他们做点清淡的。"石忧心地扶着我的前额，避免我撞到头。

我感谢他的专业和体贴，但我无法跟他说明，我只是为刚才自己的所作所为感觉恶心：我在做什么？琼和我一样是空岛遗属，她是空岛的孩子，真诚得让人痛心。她为了见到我，做了多少努力？可我却忘不了从她那打探情况，装出一副对她的私生活感兴趣的样子。当然，我有理由——我本来就是带着任务来接近她的——我要交换。我对这些事并不陌生，相反，我算是精通此道，观察、交换，得到自己想要的、需要的，我总是成功，但这些事从没让我愉悦过，它们只是让我苟活成功。活得越久，我就越清楚这点。

二

这层楼只剩下我和走廊尽头的那位老太太还没有离开。听说她有一个儿子,一个女儿,都很孝顺,他们给她出了这里的费用,再过一阵子她会回女儿家。

在食堂吃饭时,我们就坐在相邻的桌子,但谁都没有主动讲话。快吃完的时候,她的女儿来看她,说等自己休息时会来帮她整理行李。

我离她们很近。她们聊起最近潮湿的天气时,老太太突然说到自己肚子上的疤痕很痒。起初,我以为老太太最近又做了什么手术,但听下去才知道她们在谈的是剖腹产留下的疤痕。

"可是,妈妈,您生我已经是多少年前的事了?"她女儿的疑惑正是我想问的。

"是啊，五十年了。只要到了雨天，那里还是怪怪的。切开了七层组织，肯定是哪一层没顺利长好，一直怪怪的。"老太太平心静气地说。

"五十年？这时间也太长了。"女儿几乎是带着戏谑的口吻说的，她显然没把老太太的话当真，这也很合理，我听不止一个护工说过，老太太已经有了痴呆的征兆，在她这个年纪这并不是什么稀奇的事。

"生完你，一开始很疼，后来很痒，现在几乎没什么感觉了，只是雨天……不过这些都比不过睡眠不足，真要把我弄疯了。那么久以来，我只想能安静地睡一个觉……"老太太也不看她女儿，近乎自言自语。

"妈妈，行了。"女儿打断了老太太的话。我发现她的神情变得严肃，甚至有点紧张。沉默持续了几分钟后，护工正好端来了最后一道点心，看到老太太的注意力完全被曲奇吸引过去，女儿这才松了口气。

"她经常在这里说这些吗？"女儿小声问我。

"什么？"我没反应过来她的问题。

"生完我之后，睡眠不足啊，累啊，什么的。"

"没有。反正我没听过。"

"是吗？好，好。"

"怎么了吗?"

"唉,她生我好像吃了很多苦。当然了,生孩子、照顾孩子不是容易的事,我自己也经历过,明白不容易,但她好像尤其……怎么说呢,迈不过这道坎。"

"我们在这里,闲着没事做,就会一遍遍想以前的事情,这点我可以做证。"我试图故作轻松地说。

"那她就更应该知道,有些事不能轻易说出口。你不知道谁在别有用心地听,那些代价到底是什么。"

"的确。"

"这么跟您说吧,她抱怨的那些事,曾经害惨了我们。"

"睡眠不足、累?"

那个女儿突然笑了:"睡眠不足和累不是问题,问题是一个妈妈,怎么能把睡眠不足和累说成生完孩子后最大的感受?'虽然睡眠不足,虽然很累,但孩子熟睡的脸值得世上的一切。'要说就得这么说。可她却说:'孩子一直哭闹,我却只想睡觉,为了能睡一觉,我真想把她扔到放满水的浴缸里去,让她消停一会儿。'她打电话给育儿热线时,就是这么说的。结果呢,一群人冲进我家,把我保护起来——我当时正在喝牛奶,他们慌慌张张地把牛奶倒了,好像里面有毒似的——上法庭时,他们就播放那段电话录音。一个妈妈,说出那样的话,谁会原谅她?好在那时不像现在这样。"

"现在,是什么样?"

那个女儿看了我一小会儿,也许她想起我正是没有子女的那个人,她一定听过护工说过关于老人们的传言——就像我听说过她妈妈的一样——所以她和我解释道:"现在,现在说了这种话会被立即逮捕的,没有什么好辩解的,没有借口。"

我深吸了一口气。

"如果不是生了孩子,我也不会原谅她。"那个女儿说着,开始帮她妈妈擦嘴角的巧克力残渣,"我听说过您的事。也许您的选择是对的,至少您没有留下一个剖腹产的伤口,也没有浪费宝贵的时间在换尿布和哄睡上。"

一直到她们离开,我们没再说过一句话。她的话提醒我,关于生不生孩子这件事,我是真的有选择。

只不过我选择不生而已。

不生孩子,是我很早就决定的。为此,我顶住了巨大的压力,来自妈妈的还好说,让人尴尬的是每年生日当天自治会打来的那通电话。二十五岁之后，没有孩子的人就上了名单。

"请问您今年有备孕的计划吗？"他们就那么自然地问出口。

我和丈夫已经决定不要孩子，所以每次的回答都是没有。"方便的话，能问一下理由吗？"当然不方便。他们那套流程问答，简直要把人气笑了。

连打五年后，终于在我三十岁生日那天，自治会的人加重了口气："再次确认一下，您今年……就在今天……已满……三十岁了吧？"

电话那头明显掌握着我的详细情况，有着明确目的，却装出一副边看资料边复述的样子。他们想表现出一副不可置信的样子，想用这种方法来告诉我"这样实在是超出常理"，试图以此激发我羞愧的心情。我不上当，每次都速战速决挂电话。

我就这样一直坚持，直到再也没人来问我关于生孩子的事。当身边的女性朋友养育孩子之时，我奋力工作，甚至远离她们。有段时间我近乎带着恶意地拒绝她们，拒绝她们的邀请，也拒绝她们向我展示的有孩子的女性的姿态，仿佛和她们在同一个空间，我不仅会染上奶味和食物残渣，还会被吸走时间和精力，哪怕她们的孩子根本不在场。

当然，很快我就从那种奇怪的状态里出来了。尤其是当我的年纪已经不可能再做妈妈后，我反而轻松了，像是一个束缚被硬生生剪断了。我能带着宽容、友善去看孩子，带着快乐，称赞他们的一点小动作，学着装出惊喜的表情："哎呀，这真是太棒了。"当那些孩子们发挥完在人前的最后一点懂事和活力，开始蛮不讲理、让人心烦时，我懂得故意转开目光，给变得手忙脚乱的家长一点尊重和空间，同时窃笑着把自己高高挂起——那些可不是我的责任。

我看过一个还在上幼儿园的男孩，趁大人不注意推倒了自己的弟弟。他不是无意的，甚至不是一时冲动，他首先观察了大人们的行动，确定没人在看时，他把弟弟带到了一个沙坑前。弟弟脸朝天摔进沙坑后，他又装作无事人的样子和大人汇报，说弟弟不听他的话，还弄脏了他的新鞋。

孩子会撒很复杂的谎，即便他们的目的总是简单的：赢得大人的关注和爱，这依旧让我感到不安。因为他们不知收敛，他们要的是全部的关注和全部的爱，他们用尖厉的哭声、幼稚的伎俩掠夺父母、掠夺别的孩子，却对此毫不知情。

三

儿童部正式接手了这里,他们把走廊的一面墙改造成了绘本架。我又看到了那个年老下属,正弯着腰整理书。

我的轮椅经过他时,他和我打了招呼。

"你们聊得怎么样?"尽管我们周围没有任何人,他还是放低了声音,"空岛的事。"

"她问,我答。就这样。"

"很好,很好。我知道您不太愿意提那些事,我看过有些报道,太过分。其实,您不用跟她说太多,随便说说就行。"

"是的。"

"明天,那个孩子会跟着她一起来这儿。您可以看一下那个孩子的状态,她们之间的情况。"

"好的。我还不知道你的名字？"

"哦，我叫桐。最近我都在这里，有很多工作要做，明天开始贴墙纸。如果您想聊聊，随时都能找到我。"他说，"我今年也六十多了，疏散结束，我也该退休了。"

他果然比我小不了多少。知道这点，让我觉得自己和他近了一点，于是我和他又多说了几句话。

"琼……就是那个女记者，看起来是个挺不错的人。"

"是啊。您看过那些照片了，她是不是太投入……工作了？她的孩子怎么办？"

一时间，我不知道他是什么意思。他是想说琼满心都是工作，所以无法照顾孩子？

他见我不说话，又补充了一句："好像查清那些事最重要似的。可说到底，写什么文章，那不过是一份工作而已，孩子才应该是最重要的。把孩子交给别人，自己去工作，这算什么？"

我猛然想到，类似的话，我几十年前就听过。

妈妈又要上班，又要照顾我和哥哥，尤其是哥哥，耗费了她大部分心力。为了哥哥能有更友好的环境，我刚出生不久，我们就搬离了老家，到了人生地不熟的城市。邻居孩子有爷爷奶奶、姥姥姥爷照顾，我们只有爸爸妈妈。没有亲人帮忙，家里只好付钱请人照顾我和哥哥。即便如此，我印象中，妈妈也从没有悠闲的时光，相反，我经常感觉她已经到了某种极限。她有一天歇斯底里地说她受不了了。爸爸却看着她，带着一副早就知道的表情说："你就不该都想要。不就是一份工作吗？现在你整天把孩子们交给别人照顾，自己去工作，这有问题。"

我还很小，但我也能意识到，爸爸偷偷把话题转变了：他本该回应妈妈，替她分担，可他却指出妈妈挑起的是不该选择的重担。难道妈妈有选择吗？

我看着妈妈的表情，从惊讶变得黯淡，她最后妥协了。"那不是一份工作，那是我的职业生涯。"她哭着说。但她还是选择了孩子。爸爸有些欣慰，他认为他的开导为妈妈带来了一些解脱，照顾孩子本身就是繁重的工作，更何况我们家还有我哥哥这样的特殊儿童。

讽刺的是，爸爸整天都在外工作。爸爸没有真的照顾我们，我是指吃饭、穿衣、做功课、发脾气这些时候，他根本就不在。他跟我们相处的时候，就是我们快要睡着的时候，以及节假日买玩具的时候。即便如此，他仍旧算得上兼顾了工作和家庭，得到周围人的称赞。

所以，同样的话我也可以跟爸爸说："你把孩子们交给妈妈照顾,自己去工作,然后回来做个完美爸爸,这难道就不是问题吗?为什么你可以都要?而且你都得到了?"

我什么都没有说,就像现在,我只是和那个年老下属微笑点头,表示友好,表示我这里无事发生。遇到无关紧要的疑问时,我会叫得很大声,而遇到巨大的疑问时,我总是首先逃避,这就是我。也许我害怕那些巨大的疑问会颠覆我。

"那个笔记本,您可以随便用。没有别的意思,我自己老是记不住事,有些东西写下来安心。很简单,像写日记一样,写什么都行。"桐带着标准的微笑,"笔记本还有个好处,到时请您来提供证词的时候,比如,您说了一件关于孩子的小事,我们自然会问您,是哪天?这时您随便看看笔记本,就能回答得很准确,准确的回答有信服度。您一定理解,我们这样折腾,都是为了那个孩子好。孩子选择不了父母,从这点来说,社会有义务帮助他们。"

桐说得不无道理。经过他一遍遍的提醒,我简直想告诉自己,也告诉所有人,我接近琼是因为我担忧她以及她女儿的处境,换个更正式的场合,我甚至可以说,我是担忧我们全社会的处境。我会尽我所能,完成这个任务——我想象自己义正词严的样子，自嘲地笑了。

事实上，我记录自己的观察，是为了换取继续活下去的资格。能拯救一个孩子当然不是坏事，但掺和进这件事本来不是我的选择，我要自己记住这点。"交换原则"，想要得到点什么，就得拿出点什么。几乎没有什么事情不是这样，这本身没什么，但如果我连自己都骗了，那我才是真的完了。

四

应儿童部的要求,我将写下这份记录。

想到这份记录也许会在某天成为呈堂证供,或多或少影响琼和泉这对母女的生活,我迟迟动不了笔,不知道该写些什么。

然后我想起,给我这个笔记本的人,他的初衷是好心。"很简单,像写日记一样,写什么都行。"

所以,我打算不想太多,尽可能诚实地记下她们在这里时发生的情况。

今天是我第一次见到泉。

因为雨从昨晚开始一直都没停,早餐结束时我还以为琼今天不会来了。

我坐在窗前看着雨冲刷着庭院的花花草草，消磨着时间，没想到过了一会儿，琼撑着一把大伞出现了。和她一起出现的，还有一个身披鲜黄色雨披、脚蹬鲜黄色雨靴的小小身影，是泉。

我赶紧让石把我推到玄关去等她们，还带上了干燥的毛巾。她们一定淋着了。

"我打电话问过这里，能不能带孩子来……我实在找不到帮忙看孩子的人，对不起。"琼羞涩地对我说。她的头发湿了大半。

"没关系。"

"谢谢您。这是我女儿，她叫泉。"

"泉，你好。你要喝什么吗？"我问那个小女孩，她和她妈妈一样，也很瘦。

她什么都没说，只是一个劲儿地往妈妈怀里钻。琼无奈地朝我笑了笑，我也对她笑了笑，让她不必在意。在我们坐下准备采访之前，我递给泉准备好的图画书，她怯生生地看着妈妈，等她妈妈点了头她才接过去。

让我意外的是，泉只有三岁。没有人告诉我这个信息，我默认泉是更大些的孩子。这么小的孩子，应该很缠人吧。

琼说了几遍抱歉，她只能把泉带到这里

来。她说从今天开始,她去哪都得带着泉。

"泉不用去幼儿园吗?"

"我们还没有找好幼儿园。"

"那……以前你来这里的时候,她都在哪里?"

琼说她找了社会支援组织来家里看孩子:"就是那种在妈妈抽不开身的时候,能免费预约的保姆。"

"抽不开身?"

"比如妈妈要去剪头发、去医院,这种时候。"她解释道,这时泉就坐在她膝盖上,目光下垂,"但他们知道我是来这里——是为了工作之后,说这种情况不适用。没人看泉了,我只能把她带来。"

其实在她来之前,我已经从儿童部的人那里听说了这个消息。他们说会撤销泉的免费保姆,这样琼就不得不担负起一个妈妈的职责,也能让我有机会观察她们母女相处。只不过她一点都不知情。

"我听一个朋友说过商场托儿所。"我知道的育儿信息实在有限。

"我听说过那种,在繁华地区的商场,购物满多少就能免费托管两个小时,但我从来没去过。"琼有点不好意思地说。

接下来我们开始聊空岛,我没再主动问关于泉的事。

三岁的孩子应该是什么样,我并没有多少参照对象。

以前住在我隔壁的老太太(现在已经离开了)的孙女和泉差不多大,偶尔来探望奶奶时,总是很吵,很活泼。隔着一面墙,也能听到她不停地问"这是什么?""那是什么?",她似乎对一切都充满好奇。除此之外,她的特点是稍有不称心就会号啕大哭,怎么哄都哄不好,但几分钟后她又因为一点小事笑出声来。

石说这个年纪的小孩都是这样的,他的小女儿现在就是从早到晚一直在说话,没人理她的时候她也在自言自语,一会儿笑一会儿哭,不讲道理,特别任性。

我印象里的三岁小孩,也大概都是这样的。

泉完全相反。她很安静,看人的目光里充满戒备。她眼神闪躲,飘忽不定,始终在观察周围。

我理解这个正在改造中的养老院有点奇怪，她不安、害怕，很正常。

但她的样子看起来并不是只有今天这样而已，她似乎长期处于这种状态，或者说，长期处于这种状态使得她看上去对观察别人、隐形自己游刃有余。

老实说，我第一眼看到泉竟然是那么小的孩子，还很担心她在这里会因为无聊而哭闹，但后来我差点都忘记了她的存在，她实在太安静了，只是静静地依偎在琼身边。

她们准备离开，琼去卫生间的时候，我发现泉的袜子穿反了。

我觉得这是个和她聊天的好契机，就笑着指着她的脚："你的袜子。"

泉立即懂了，坐在地上开始脱袜子。

"妈妈不在家。爸爸穿袜子。"泉低着头说。

"怪不得呢。昨晚妈妈没在家，所以爸爸给你穿的袜子，他把袜子穿反了，对不对？"站在我身后的石也加入了我们的对话，他和孩子相处的经验丰富，知道要补充词汇量不多的孩子的语句空白，声调也比平时要轻柔好多。也许他在家就是这样和自己的孩子们聊天的吧。

"昨晚、前天晚上、大前天晚上,都不在家。"泉抬头看着我们,认真地补充道。

我感觉不对劲儿,不知道说什么好,只能等着很会和孩子相处的石再说点什么,能让我们关系融洽,但直到琼回来,石再也没说过一句话。

我们在房间门口和琼母女俩挥手告别,当石再次推着我去庭院散步时,他才忧心忡忡地说:"也许我们应该跟自治会汇报今天的事情。"

"哪件事?"

"琼把自己的女儿留在家里,她不在家。"石从轮椅后来到我面前,遮住了阳光,他脸上少见地一点笑意都没有,"不知道您是否注意到了,那孩子很怕她妈妈。她妈妈一个眼神,她连糖都不敢接。哪有不接糖的孩子?"

接下来我听到那个骇人听闻的词:虐待。

"那孩子,泉,安静得不正常。我自己家有四个孩子,哥哥姐姐家也有好几个孩子,但我从没见过那么安静的孩子。孩子的天性就是吵闹、任性。整个上午她都没哭没闹，甚至没上过一次厕所。您没发现吗？她什么都没做，一直待在她妈妈身边，她一定很害怕，害怕做错被惩罚——这正好说明她很可能经常被惩罚。"

我的第一感觉竟然是松了口气：泉的确是过于安静了，注意到这点的不止我一个人。

我的另外一个感觉：石的感觉很敏锐。他完全不知道儿童部盯上这对母女的内情，却能在第一时间，凭着一点线索就准确地察觉到这个孩子的"异常"。这让我很惊讶。同为父母的人之间，一定有些我解不开的密码，在他们看来却很简单。

更让我惊讶的是，他的反应比儿童部要激烈得多。儿童部也只是说"在观察"而已，而他似乎是准备给事情定性一样，信心十足地说出那么可怕的字眼。

"一般来说，有孩子的人不是最关注自己的孩子吗？什么样的妈妈会找社会支援组织来看孩子，自己却出去……采访什么的？孩子才三岁啊！就算这些都不重要，您也听到那个小女孩说的原话了，妈妈不在家。"石再次加重语气,"并不是身体上的暴力才叫虐待。对孩子的放弃、忽视,也是虐待。我觉得这可能跟虐待有关。"

石向我说明,我们每个人都有义务和自治会通报儿童虐待的情况。他还说,如果我知道现在外面的世界是多么在乎孩子的健康成长,就不会意外他对这些事情如此敏感。

石不知道他说的这些对我而言并不新鲜。他跟很多善良但糊涂的人一样,认为我多年来住在这里,对外界发生的事情鲜有听闻,从某种意义上我只是个不明事理的老人,而他们有责任告诉我外面发生了什么,以及他们是如何看待正在发生的一切的。但他们不懂,任何风潮都是有据可循的,在他们经历结果之时,我已经看过了整个过程。

在我年轻时曾是社会热点的少子化问题,以无可挽回的局势跌向深渊。各种对策并不好用,孩子变少、学校关闭、社会缺少活力。孩子决定我们的未来,因此我们每个人都有责任关心他们的成长。这些话,儿童部的人都讲过了。

可这些并不是滥用怀疑的理由。儿童部

一定也是明白这一点,才安排我来接近她们,而不是直接下定论的。

我跟石讲明我的看法:孩子都有自己的个性,并不是沉默的孩子就有问题。妈妈不在家也不能说明一定存在虐待情况——我们对这个严重的词要谨慎使用。

"严重吗?您不知道……"石又在试图告诉我外面的世界和我记忆中的多不一样,他说只是他家附近,就有三个因为虐待而被逮捕的妈妈,妈妈失职,已经是一个普遍的问题。

这时石给我的印象,就是夸大其词。他肯定没搞清楚状况,所以我决定不对他的话做出任何多余的反应:"我坚持自己的看法。"

石不置可否地点点头,跟我承诺他不会擅自打电话给自治会通报:"等她下次来,我再问问她别的情况。"

"她是指谁?"我问石。

"当然是泉,她是当事人。"石说。

不知道为什么,一想起善于和孩子相处的石想要从泉嘴里问出点什么,我就感觉怪怪的。成年人总是能通过技巧从孩子那里得到自己想要的,而孩子对即将发生的事一无所知,哪怕是会把自己生活搅得天翻地覆的事。我讨厌这种失衡的感觉。

我反对石小题大做,但"虐待"那两个字却重重地落在了我的心里。

我在心里一遍又一遍回忆泉在房间里的样子,可在那么短的时间里想了解一个孩子实在太难。我只记得她善于观察,在我们大人谈话时,她的目光一直往这边飘,对我预先为她准备的图画书和玩具却没有兴趣。当我偶尔提高音量时,她会不自觉地坐直上半身,摆出一副防卫的神情,然后立即看向琼,想从她妈妈那里得到当时发生的事的更多线索。

我有一个和石完全不同的结论:泉的警惕不是因为被虐待,她只是担心妈妈。

担心妈妈什么?写到这里,我停住了。我模糊地猜得到一个答案。答案与琼的身世有关,与空岛有关。

门外传来石的声音,他正在和夜班护工交接今天的工作。平时他都会交接完立即回家,但今天离开之前他敲了我的房门。

"请进。"我说。其实这里的门根本就没有锁，为了紧急时刻的安全和方便。

"今天的事。"石停顿了一下，"我答应您不会立即通报。"

我无声地点了点头。

"白天我说到'虐待'，好像让您感觉很不适。如果是这样的话，我向您道歉，我不应该在没有证据的情况下说得那么武断。只不过您的时代和现在可能多少有所不同，打个比方说，五十年前，孩子是父母两人来养育，而现在，孩子是由周围的许多人一起养育。五十年前的常识，在现在可能是犯罪，反之亦然。我只是想说，如果孩子发出了求救信号——哪怕再微弱——我们大人有责任认真对待。"石说完这句就关上了门，他的话掷地有声。

你的话很中肯，你确实没有证据，能给一个人安那么大的"罪名"，哪怕你说这个"罪名"本身的重量和意义有了变化，这都不能模糊你没有证据的事实，我在心里暗暗想。我还没糊涂到那个程度呢。

"别紧追不放，事情已经过去了。人家还来跟你道歉呢。"如果是我丈夫还在世，他一定会那么说。他总是相信别人表现出来的善良，或者说，他过于期待别人应该善良。

跟我丈夫不一样，我不期待别人应该善良，所以能客观地看待别人：在石的这段话里，我听到的只有不满。他承诺不会违反我们的约定，甚至道歉说自己武断了，这些柔软的铺垫都是为了掩饰他句子后半部分的尖厉，像是一个将要行凶之人，先柔化了自己的面貌，只是为了能近距离伤人。石真正想说的其实只有最后一句：忽视孩子的求救信号，是你作为大人的失责。他说"我们"，也只是想削弱针对性而已。

总体上来说，他指责我跟不上时代，不像他那样有责任感又够敏锐。

可我相信自己看得比他清楚。

我想过问问儿童部，他们盯上这对母女的理由是什么，又怕被石发现这件事背后儿童部的存在。如果石越过我，直接向儿童部通报，或是自治会——都一样，他们一定共享信息——说不定会粗暴地结束整件事。我不想这样，这种仅凭一点偏见就给人下定论的荒唐事，不应该发生。

另外，出于一些我自己都说不清楚的原因，我决定无论在记录还是证词里，或是任何人面前，都不提琼的身世。

五

"虐待",这个词在我脑海里挥之不去。在这种情况下,我决定不记录任何内容。

有人告诉过我,人的大脑是不能理解否定句式的。

"请不要想象一头大象",百分百的结果就是一头大象浮现在脑海里。不想让人去想象一头大象,唯一的方法就是不要提到"大象"。

这就是目前我的大脑中正在发生的事:我并没有想过琼是否"虐待",也没有任何证据能支撑这个假说,但只是因为听石提到了这个词,这个词就一直在我脑海里,影响我看琼的方式。当我想忘记"虐待"这个视角的时候,这个视角反而纠缠我最深。今天她和泉一起出现的时候,我甚至不自觉地看她们有没有拉着手——万幸她们拉着手。如果她们距离遥远，我不能保证不会想更多。

我也意识到，如果这个危险的词在未经辨别之前就贸然放出的话，其他人看琼的方式也会随之改变。"她是不是有虐待倾向？""这种算虐待吗？""哪怕不是严格意义上的虐待，是不是也是不妥的？""说到底虐待的定义是什么？"一旦有了这些考量，琼就立即处于劣势了，这不公平。

也许儿童部正是基于这种周全的考虑，才没有在和我的谈话中用到这个词。他们希望我有一个中立的立场，来提供证词。

今天，琼和泉来的时候，我尽量把石支开，不想让石进一步"了解"泉的生活。

泉这个小女孩是有些不同，但我反对用结论粗暴地定性。对我来说，在不了解她们的前提下是无法进行判断的，重要的是看看她们自然相处的模式，听听琼怎么说。

"你去休息吧。"当琼和泉在会客厅坐定，我对石说。

"那我带泉去玩，好吗？我们可以在庭院里看小鱼。"石露出一如往常的笑脸，"我家里可有四个孩子呢，带孩子可能是我最擅长的事。"

琼犹豫了一下,看着我。她的表情是在征得我的同意,或者帮助。

我没有理由拒绝石,但我十分清楚他放弃自己的休息时间带泉玩,无非就是想从她那里打听更多细节以证明"虐待"的嫌疑。然后他会带着"证据"来告诉我,好的父母不该这样,孩子实在是可怜,就像电视上对少子化问题侃侃而谈的名人一样,字字正确。

或者他可能会举例他家是怎样做的,无疑,他家做的才是正确的。

我想起来,他曾经抱怨隔壁老太太的孙女声调太高,"没有家教""我们不会这样惯着孩子""习惯养成就很难改"……哪怕他承认这个年纪的孩子的特点就是任性、胡闹,而父母在某种程度上要无条件容忍这些。从他前后矛盾的语句里,我读出了一些苛刻的意思——他似乎把类似的行为划分成不同的类型,超过某个限度就是娇惯,没超过就是天性,其中细致的划分规则由他,或者由某些和他很像的人来定。

"你和泉玩当然好,不过今天我想让你去帮我拿一个东西,就在我的贵重物品柜子里。"我想了一个妥当的借口,看样子他没有起疑心。

泉今天心情很好，可能是因为开始熟悉这里的环境。可琼比以往要更憔悴一点，也许她睡得不好。

"今天我们不谈空岛了，好吗？我昨天睡得不好，有点头疼。"我撒了个谎。

"哦……好的。对不起。您休息吧，我们回去。"琼有点不知所措。

"没关系，我们就这样聊聊天，好吗？"

琼有点不解地看着我，紧接着点了点头。

"你第一次来的时候，有人以为你是我女儿。"回想起那天另外一个护工的表情，我忍不住笑了，"他刚来这里工作不久，没见过我有访客，所以他问我，你是不是一直住在国外。"

"我？"

"对，他以为你是我女儿，而你一直没来看我，是因为住在国外，所以我又要重新解释一遍，我没有孩子。这些年我已经跟无数人说过一样的话了，没想到还是逃不掉。我想以后，我老得说不出话时，应该在脑门上贴张字条，'此人没有孩子'。方便自己，也方便别人。"我又笑了。

"没有孩子，是什么感觉？"琼也低下头笑了。

"不好说。每个阶段不一样，有觉得羞愧的时候，也有觉得心意已决的时候，当然了，孤单也有，轻松也有。"我看着泉坐在地板上玩拼图游戏,"有孩子,是什么感觉?"

"这个也不好说。有时候很开心,有时候很累。"

这时我才发现,对琼最贴切的形容就是"看上去很累"。如果我曾在其他地方对琼有过别的描述,现在我要更正。她的头发、皮肤、五官、肢体动作也许能在不同的场景下被分别解读成"不安""憔悴""茫然",但它们综合起来或许只是最简单的这个字——"累"。

我该如何形容这种单纯的身体状态?它不是一时的重击造成的——你找不到伤口——更像是在一段时间内身体某处每天都被轻轻敲打一小下之后的自然结果,你甚至不能称之为受伤,但有一部分的人体机能确实受损了。

这么说吧,我想这就像我在年轻时连续熬夜工作,每天不规律饮食,持续一段时间后的综合状态。

除此之外,我对琼说的"开心"和"累"都没有直观感受,毕竟我从未当过妈妈。照顾孩子的辛苦,我得承认石这样的"专家"比我懂得多。

"他们说爱能战胜一切,妈妈的本能什么的。"我在脑海里迅速搜寻了一遍关于此事我听过的陈词滥调,除了这些我也没什么能附和的。

"本能?只需要本能?"琼抬起眼睛直视着

我,"您为什么不试试呢?"

我必须在这里强调,琼不是在挑衅我。多年来我被问过许多类似问题,很容易从对方的表情和语调中明白其用意,是讽刺,或是好奇。琼的这句话绝对没有恶意,相反,她很真诚。她眼里有莫名的急切,好像是急于抓住这个机会跟我探讨一个问题。

不光如此,我还有另外一个依据:人在很累的状态下是没有力气挑衅别人的。她最多只是想知道点什么,用来抚慰自己罢了。

我想了一会儿该如何回答她的问题,最后我说:"可能因为我不相信吧。不相信他们说的,本能。你呢?"

"我想以前我是相信的……比起更重要的事情,不吃饭不睡觉根本不是问题,我真的那么想,可现在……"

一瞬间,我以为她会哭出来。她的眼神放空,盯着外面。她在克制自己的情绪,怕它们一不小心就会喷发。

"你还好吗?你看上去很累。"

"昨天……我几乎没睡。"

"怎么了?"

"其实也没什么,和我丈夫吵了几句嘴。他问我一整天在家都做了什么,我说,和泉玩,喂她吃饭，没了。"琼出神地看着外面，"他说，真羡慕你啊。我好累。"

"然后呢？"

"我说，你辛苦了，那是条件反射说出口的——因为我心里并不认为他那份坐办公室的工作有多累——但这都无所谓了，我说了，你辛苦了。"

"嗯。"

"我等着他也跟我说一样的话，可他只是重复了一遍，真羡慕你啊。"

"他是指什么呢？"

"一整天都待在家，和孩子玩，这些吧。我突然明白了，他认为我做的这些不值得一句'你辛苦了'，他不觉得我辛苦，觉得带孩子很轻松。然后我说，那我们换一换，你来照顾泉、收拾家，我替你坐办公室，好不好？家里总是一片狼藉，我手忙脚乱，脑子要爆炸了，你羡慕我？他就像看怪物一样看我。他说现在的生活你不知足吗？跟泉在一起的时间你不珍惜吗？你就那么讨厌孩子？"好像只是复述别人的话也能再次伤害她一样，她神色不安，"我忍不住不尖叫起来。他为什么听不懂我的话？他是不是故意要误解我的话？他说我在孩子面前这样，是我疯了。他就是这样，把我激怒，然后怪我是坏人。"

我沉默了,不知道说什么好。一个在幼小的孩子面前尖叫出来的妈妈,这不是妈妈应该有的形象,不用儿童教育专家之类的来分析,这个道理连我都懂。

要说不该,才短短的一段时间,琼已经提供了太多不该的证据了——不该说"累",不该流露沮丧的表情,不该六神无主地带孩子来采访老人,更不该把负面情绪暴露在孩子面前。这些都是作为妈妈不该做的,这些对孩子只会有坏影响。

"我心里很乱。我有别的事要考虑。"琼又说道。

石比我预想中回来得快,但好在他没有听到琼说的那些话。他把我托他取的东西交给我后,迟迟不愿意出去,一直留在屋里装模作样地整理东西。

我知道他是在等一些"证据",于是我和琼默契地不再谈话,只是和泉玩小游戏。泉今天从头到尾都很开心。

一直到这时,我对石都有隐隐的敌意。可能我还在怨恨他把"虐待"这个词硬塞进了我的脑海,还一脸危机四伏的样子。

直到琼和泉离开,我都没让石找到单独和泉说话的机会。但我确实有个新发现,让我对琼是否有"虐待"嫌疑——这个词我还是不太想用,且称为"不适合当父母"吧——有了新的认识。

当石和琼开始闲聊的时候,我发现他们同为父母,状态极为不同。比起琼的"累",石看起来神采飞扬。尤其是聊到孩子的话题时,石明显更宽容、更放松。

当琼说到泉不肯坐下好好吃饭,这让她很头疼的时候,石大笑了起来。

"一顿不吃也不会饿坏的。就让她去弄脏吧,最后再收拾。大人也有不想吃饭只想吃零食的时候,更何况孩子呢。"

我看着琼的表情竟然有些松弛下来,作为有四个孩子的"育儿专家",石的建议似乎让她放下了一些包袱。接着琼又问道:"如果她在临出门之前非要换一身衣服呢?"

我忍不住插嘴问:"这是什么意思?"

石和琼相视一笑,看样子只有我不懂。在那一刻我再次意识到,我的世界里没有他们拥有的那部分,和孩子相处的那部分,不只是琼说的"开心"和"累"的感受,还有那些日常的、具体的细节,我都不懂。我连这些他们之间的"常识"都不了解,又如何去判断泉到底有没有危险呢?

从石和琼的解释来看，泉这个年纪的孩子经常会有突发奇想，与其说他们是蓄意打破大人的计划，不如说他们压根是心血来潮。"好不容易换好衣服到了门口，突然又要换另外一套""找不到某个特定的玩具，坚决不肯出门""躺在地上撒泼打滚，又说不清自己想要什么"……这些情形听起来都让人束手无策。

"那么把他们抱起来走呢？"我说。

"他们会非常生气。鬼哭狼嚎，乱蹬乱踹。"石说，然后似乎是想到了同样的画面，他们俩都笑了。

"越是急着要出门的时候，越会发生这种事……一着急，我就忍不住对她发火。怎么才能不发火呢？"琼问石。

"这种情况，看似是在对孩子发火，其实是对没有留足充裕时间的自己发火吧。"石很认真地回答，"如果在一分钟内必须出门，而孩子又闹，是谁都会发火。但如果还有一个小时呢？应该就不会生气了。所以我的经验是，要出门的话，把时间留充裕，算上他们无理取闹的时间。"

"原来如此。"尽管这个对话和我没有关系，我却有种恍然大悟的感觉。

"但是……"琼吞吞吐吐，似乎这个回答没能让她满意。

"还是刚才那句话,不要太较真。"石一副淡然的样子。

就是在这时,我发现自己有点不确定琼是否有问题了。当石和琼两位同样在养育孩子的成年人在我面前进行对话,他们之间的鲜明对比让我困惑不已。

诚然,石已经有了四个孩子,琼还是新手妈妈,他们的经验值不能相提并论。但他们之间的差别仅仅是因为经验不同导致的吗?退一步说,极度缺乏经验也有可能最终导致"虐待",那些最终伤害自己孩子的父母的动机都很复杂。

这么一想,是不是应该多让石,以及和石一样有经验的人和琼谈谈,告诉她应该怎么做?

但不知为何,我对琼没有说出来的"但是"之后的内容很在意,某种程度上我认为那才是她更深层的担忧,无论是谁,如果不认真和她相处、听她说话,是不可能了解她的。这也正是儿童部想要我帮忙做的——和她建立熟悉的关系,听她说话。据说琼在生活中并没有倾诉对象,她对儿童部的人又有防范之心,没有人知道她在想什么。

六

我们约好的时间,琼从没迟到过,连下大雨那天她都准时出现了。但今天她没有来,这让我非常担心。

上一次她们离开时,我嘱咐她多休息,她苦笑着说"我也想"的时候,我就开始担心,忍不住揣测她话里的意思。她想休息,但休息不了?考虑到上次谈话里提到他们夫妻吵架的事、找不到人看孩子的事、工作的事,我大概能想到她的无助。

我只有一个她的联络电话,是她上次来时留在访客名单上的。直到傍晚,确定她今天不会来的时候,我决定让石打电话给她,问问她好不好。

"我还以为她不会再来了呢。您已经和她谈了那么多,足够她写好论文了吧。"

"不是论文,是报道。她是个记者。"我纠正他,"我们约好今天见面的。"

"说实话,这里对泉的成长没什么好处。"

"哪里?"话一出口我就明白了他说的是养老院。

"她只是陪她妈妈来,对她有什么好处呢?"

"她妈妈有必须做的事。"

"是,论文,她必须写完论文,不然她就拿不到博士,研究员,管他什么职位呢,反正她得要这个。"

"她是个记者,要写一篇报道。这有什么问题吗?"我感觉对话已经朝着我不想要的方向发展了。

"她难道忘了她有一个孩子?才三岁,还没有上幼儿园。她已经在自己的事情上花了太多时间了,光是这周她就来了几次?每次都要待那么久。她应该做的是多带泉出去玩,公园、美术馆、博物馆,最近音乐厅也对幼儿开放了……"

"你也是家长,你有这么多时间带孩子去吗?你的大部分时间,不都是在这里工作吗?"我忍不住指出他逻辑里的荒唐。

可他不慌不忙,表示我的话并没有冒犯到他,他自有一套理论:"我是在工作,妈妈带孩子们去。这些本就应该是妈妈来做,尤其是孩子还小的时候,跟妈妈的关系是最亲密的。这对他们很重要。"

我这才意识到,"家长"这个词,在很多场合,特指"妈妈",可以替换成"妈妈"。而且不管"妈妈"是什么状态,不管她们有没有工作,她们都有责任,有义务,必须奉献,还得乐于奉献。如果她们敢说一个"不"——不管那理由是多么正当,谁想知道呢——就等于不在乎自己的孩子。

"好吧。"

我让自己不要发火,故意把话题终结在这里。虽然我不赞同他说的每一个字,但我需要他立即去打电话确认琼的情况,莫名地,我心里很焦急。

我在房间里静静地等石去值班室打电话回来。我看着墙上的时钟,五分钟过去了,石还没有回来。

"琼,你好,你今天没有来养老院,有什么事吗?""对不起,泉突然发烧了,没有联系你们,很抱歉。""好的,保重。""谢谢,再见。"这段对话只要两分钟。

"请问琼在吗?""她在忙。""好的,请让她有时间给养老院回个电话,谢谢。""好的,再见。"这段对话用时可能更短。

无论如何，当石十分钟还没有回来的时候，我已经知道出事了。但比已经出事更让我感到害怕的是，我只能在这里等着。没有护工帮忙，我连自己坐上轮椅都办不到。

"泉出事了。"石回来的时候天色已暗，昏黄的灯光下他的面色凝重。

这是所有设想里，最糟的一个。

石告诉我，他打电话过去，是泉的爸爸接的。他说泉从二楼阳台窗户摔了下去，摔破了头，他一整天都在医院里。

我不忍心问那个问题："琼呢？"石却迫不及待地提起了琼。

"是琼没有看好泉，她当时到底在做什么呢？怎么能让那么小的孩子自己跑到阳台玩？怎么会没注意到阳台上有个凳子？"

接着是石的一大段自责，他认为在第一次见到泉时他就应该意识到事情的严重性，应该相信自己的直觉，他说只要见到孩子一面，就大概能知道家长做得怎么样。

无疑，他其实是在责怪我，责怪我阻拦他通报，导致征兆酿成祸端。我等着他说完，确保他的怒气都发泄完毕才问道："泉的爸爸呢？"

"您没听见我说话吗？他一整天都在医院里，

发生这种事,可以想象,他焦急坏了。"石瞪大了眼睛看着我。

"我是说事发前,他在哪呢?"

石转动着眼睛,似乎在思考什么,又似乎是对我的问题感到莫名其妙。

"泉从窗户摔了下去,为什么不是'她爸爸没有看好她'呢?"我换了一个问法。

有一段很长的沉默,但我不准备做打破沉默的那个人。我认为石应该回答我这个问题,哪怕他的答案是他不知道。

"这不重要。"石模棱两可地说,"他一定是在工作。不然呢?"

"琼就不可能在工作吗?"我不想再说下去了。我时常有个奇怪的想象,看似在对话的两个人,根本就不是在谈同一件事情,鸡同鸭讲。如果真的想要把泉受伤的事怪罪给一个人,难道不该了解事发当时是谁负责照看泉吗?而且说到底最重要的难道不是防止危险再发生吗?

"工作?我本来不想刺激您。"石长长地叹了口气,看样子他已经决意要给我一点伤害了,"刚才在电话里,泉的爸爸告诉了我一些事。"

"什么?"我佯装镇定。

"您被骗了,根本没有什么非写不可的报道。

我和她丈夫说起采访的事，他听上去毫不知情。还有，她的免费保姆被撤销是因为……"石停顿了一下，看着我，"儿童部已经开始介入了。"

"儿童部？"我只能继续装作不知道。

"哦，您不知道。几年前开始就有这个部门了，管理所有有关儿童权益的事。儿童越来越少，社会的责任越来越重，最近到处都在说'社会集体育儿'，也就是说除了家庭有责任和义务，社会也有。儿童部就是为此设立的，他们与自治会共享信息，也接受社会监督。"

看来石一点都不怀疑，我是一个信息闭塞的老人，什么都不懂，什么都需要他解释。

"如果儿童部认定她有嫌疑，看情节严重程度，最坏的情况会逮捕她。"

"逮捕？"如果我没记错，至今我还没听到任何关于虐待孩子的确凿证据，事情就已经上升到这么严重的程度了吗？

"儿童部介入，不是好兆头。"石说。

最后，我坚持再见琼母女几次后再决定是否向上通报，石没有多说什么。相处这么久，就像我了解他的性格温和，凡事不会擅作主张一样，他也了解我性格固执，很难被说服。

今天的事仍然有许多疑点——不，应该说除了泉踩着凳子，不小心掉下阳台之外根本没有什么实质性内容。当时是什么情况，谁在家，伤势的严重程度，这些统统不清楚。孩子受伤是让人心疼，但这完全可能只是一次小意外。

安全隐患值得引起注意，但夸大事实对此并没有好处，除了加重愤怒情绪，对什么都没有好处。我本想记录下些什么，但拿起笔又放弃了。

七

今天是得知泉受伤的第三天,琼出现了。泉也一起来了。"摔破了头"显然夸张过了头,我只看到泉的额头上贴着一个卡通图案的创可贴。

"我听说您打来电话。"琼的声音微弱。

"只是想知道你们好不好。"

这时,泉在琼的耳边说了什么,我听不清。

"我现在没有空。"琼露出了不耐烦的表情,这是我第一次见她有这种表情。

泉不愿意离开她妈妈的膝盖,她今天比以往要更缠人一点。就在这时,琼用大到近乎粗鲁的声音喊道:"你听不见?我没

> 有空！"
>
> 琼站了起来，泉跌坐在地板上。
>
> 泉很快就知趣地坐到一边，靠墙角的地方。琼也恢复了正常，和我聊了近一个小时空岛的事。走的时候，泉在她妈妈的肩膀睡着了，我们都轻手轻脚。开门的时候泉睁开了眼，她妈妈轻轻拍两下，她又很安心地睡着了。她们看起来很亲密。

我没有犹豫，写下了上面的话。

我没写的，其实还有另外一个小插曲，和那之后的事。

当时房间里只有我们三个人。我和琼的对话中有一小段沉默的时候，泉一动不动地看着琼的侧脸，她小小的嘴巴里蹦出了微弱的声音："对不起。"

我们都愣住了，没有人责怪泉任何事，她却在道歉："我不玩这个了。"说着，她把手里的玩具放下了。

我这才明白，她以为是自己任性玩了玩具，导致妈妈生气不说话了。

琼把玩具拿起来，递给泉："不不，不是因为你。妈妈刚才在想事情。"

我看到泉松了一口气,又继续玩起玩具来,为她感到一阵心痛。她一点都不任性,相反,她过于懂事。想必她看过很多次妈妈生气、窘迫的场景,也承受了那些后果,她想极力避免。她不知道哪些是她的错,哪些是别人的错,只好默认全都是自己的错。"如果我能尽早道歉,也许事情就不会变糟。"她一定是这样想的。

我暗中想象,琼那张真诚、消瘦的脸变得歇斯底里的样子,她最没有耐心的时候会是什么样?泉很少说话,她在害怕吗?

我安静地听琼讲话,讲她的生活,她的工作。以前我不得不问,现在我真的关心那个孩子,真的想知道她们的生活。

琼说自己在生完孩子后还继续工作——她确实是个记者,只不过是在一家小报社,每天东拼西凑做文章——她宁愿去上班,也不想在家二十四小时带孩子。

"休产假的三个月里,我每天都做梦能去上班。我真的太想和成年人说话,而不是一直假装投入地陪孩子玩那些游戏、用高亢的语调说话了。

"孩子多可爱啊。每个人都这么说,尤其是我丈夫。他夜里下班回来,看着孩子睡熟的脸,忍不住亲她好多遍——我也好想这样啊。可我面对的不是一张睡熟的脸，我面对的是她总是哭、总要抱，我总要应对她的所有需求，总要关注她有没有做危险的事，我没法走神一分钟，那种感觉，太痛苦了……"

我没有刻意问她关于泉的事，但她因为对泉发了脾气，一直到走时都很愧疚。

琼说，她觉得自己是个很差劲的妈妈，她甚至觉得自己做不好妈妈。

她还说了一些自己没有耐心的表现，我劝她这种事不管哪个家庭都会有。"没有完美的妈妈。"我只想让她别那么自责。她的生活里不只有泉这个孩子，她还有那么多要打理的事情。我还拿自己开玩笑："我没有孩子，还经常发脾气呢。不敢相信如果多出一个孩子，多出那么多事要做，我会多暴躁。"

她笑得很牵强，但好歹笑了。她该知道我是好意。

其实我很想和她多聊一些孩子的事，但我实在不知道从何问起。如果是石在这里，他们应该有聊不完的话吧，想到这里，我想起另外一件事。

那是很多年前了，在我最叛逆的时候，和妈妈有过一次激烈的争吵，那时她有气无力地投降说："这种事只有你成了妈妈之后才能理解。"像被踩到了痛脚，我立即上演了当天最善辩的发挥："没有什么事情要通过成为妈妈才能理解，你想逃避沟通的责任，可以，但不要跟我说这种没意义的假话。"她没再说一句话。我为自己的全面胜出沾沾自喜。

这件事，多年来我都没有想起过，直到前几天，石和琼在我面前谈论育儿的琐碎小事，我才发现无论我如何去想象，都不知道他们在说什么。在那个场景中，让孩子不哭的困难点到底在哪里？一岁的孩子到底要几小时喝一次奶，还是已经不需要喝奶了？

妈妈说的不是谎言，她的话里确实有一些事是我不理解的，就像很多人不理解鸟的习性，不理解海洋生物的作息那样，这本来无可厚非。不理解并不一定代表着缺失，不理解是客观存在的，但我因为一些隐秘的原因暗暗把它放在了天平上——而它其实本来和输赢无关。

八

还有一个星期,我就要去儿童部的会议上提供证词。

关于我要说什么,我已经想得差不多了。我会告诉他们这对母女非常亲密,互相需要,再好不过。别因为一些先入为主的概念,就否定一个人的能力,那样太武断了。

证词不是问题,问题是,我有预感,石并没把我的警告当真。今天,琼出现前的几个小时我们有过一段不太愉快的对话,让我不得不提高警惕。

起因是我们正在花园散步时,他再次提起通报的事:"如果您觉得目前没有和自治会通报的必要——如果您觉得事情不严重的话——我想我们可以联系一下育儿热线,做一个备案。或者直接找儿童部，他们现在不是已经接管我们这儿了吗？找他们很容易。这样的话，以后，万一出现什么问题，我是说万一，就可以让大家知道我们已经尽了义务。"

"我们只见过她们几次，知道得太少。"

"话虽如此。不知道您记不记得去年的一条新闻，一个孩子被体罚，没有饭吃，过度营养不良。事后有邻居承认，经常听到那个母亲在家大声吼叫斥责孩子，却没有被通报过。泉已经受伤了一次，您能断定这和虐待无关？这种事本来是可以防患于未然的，但正因为大家缺乏这种意识……"石说得大义凛然。

"我明白你的意思，我只是觉得我们了解得还太少。你说备案，我们有什么证据呢？"

"第一次见面，那个女孩就说了，妈妈晚上不在家——我们应该提供这个证据。"

妈妈不在家，因为妈妈有自己的事。妈妈不在家，不代表妈妈没有把孩子的事打点好再离开。妈妈不在家，这到底能说明什么？

我感觉很累。一些低级的文字游戏，消耗了我的体力。

"仅凭几晚上不在家，是不可能推断出'虐待'的。"

"可是对三岁孩子来说,妈妈晚上不在家,是很严重的。"石立即说道。

"上次泉来你也看到了,她状态很好,很开心。"

"然后她就在家里,在妈妈的眼皮子底下摔下了阳台。您应该没有忘记吧。"

"我倒想问问,哪个孩子没有磕磕碰碰?"我的语气也变得不好起来。

"当然,我们都不是育儿专家。但她们的事情,儿童部已经介入了,说明肯定是有问题的。"石最后只抛下这句话。

我们没有如以往一样笑着结束对话,这是我觉得不妙的主要原因。我从石的冷漠里看出不祥的预兆。直觉告诉我,他已经认定我无可救药,决心越过我这个障碍,去做他该做的事了。而一旦他和儿童部一拍即合,这件事从某种意义上就闭环了。

我不是没有想过,如果,哪怕只有极小的概率,琼真的会伤害泉,这个后果让人很难承受。但这一刻我还是愿意相信自己的判断:事情没有那么严重,过于粗暴的定性才会使事情变得严重。

我一个人想了一会儿,决定先石一步行动。我想让儿童部相信,一个星期后,我会认真给出证词,即使石真的找到了他们,他们也不必听他的。

我在食堂找到了桐,他正在一个人吃饭。

"琼做过什么……错事,让你们关注她吗?"我本想说"虐待"那个词,还是觉得不恰当。

"谁?"桐反问。

"琼,那个女记者。"

"哪个?"

"你们在关注不止一个女记者吗?"我皱了皱眉。

"我开玩笑的。"桐咧嘴笑了,"女记者啊,采访您的。据我所知,没有。"

"那为什么你们觉得她有问题?"

"她是被遗弃的,弃、婴。"桐喝了口水,一字一句说。别人会痛苦一辈子的事情,他完全不当一回事,就这样轻描淡写地说出来。

"所以呢?"

"她自己都没有妈妈,怎么能做个好妈妈?你想想。"他说,"这是第一点。第二点,那个小女孩,三岁了还不会说话,体检的时候不合格。"

他似乎觉得两点理由已经完全能解答我的问题了,开始继续吃饭。

琼的养父母为琼的身世保密,是多么必要啊,他们一定知道空岛的出身会给这个孩子带来大麻烦。按照儿童部这些人荒谬的逻辑，如果他们知道了琼是空岛的孩子……我不敢往下想。

"我明白了。"我想起自己来找他的目的，于是假装理解他的话，"我见了她们好几次，聊了很多。我很了解她们了——我很想好好完成这个任务。下个星期，我会准时去做证。当然了，还有你给我的笔记本，真的很有用，谢谢你。"

"太好了。您阅历深，看人准。我们很重视您的意见。"

"我也觉得你们不会听风就是雨，无关人士的话，你们总不会听吧？"我承认问这个问题有些多余了，这让我变得话里有话，但我确实想试探一下桐的口风。

"那不会。我们请求您帮忙，就是为了深入了解她们的生活，帮助我们进行判断。不是随便什么人的话我们都听的。"桐笑了。

我一直谈不上喜欢儿童部的这些人，但桐的这句话让我放心了一些。是啊，如果他们随便什么人的话都听，又何苦费这么大劲找到我，要我接受什么采访呢？

九

空岛把我和琼联系在一起。我们有同样的悲痛,同样的疑惑,没有人给过我们解答。因为这一点,我们还有同样的绝望。

今天本是她采访的最后一天。

今天,她不好意思地问我,是否还记得别的空岛上的女孩。除了爱叠衣服的那个女孩,还有什么样的女孩?

我努力回想,又告诉了她一个酷爱对称图案的女孩的故事。

我故意把故事讲得轻松一些,可爱一些,泉中途笑了出来,琼也笑出了眼泪。

"也许我的妈妈也是这样的人。很偏执,不达成目标不罢休。"琼说。

"他们都是很好的人。"我是真心这么觉得的。他们只是无法融入陆地而已。

"我经常想,我的妈妈是什么样的人。养父母对我很好,但我还是想知道生下我的人是什么样的,特别是在我也成了妈妈之后。"

"为什么?"

"他们说这些会遗传。"

"什么会遗传?"

"虐待、抛弃孩子。"

我心里一阵抽紧,看向泉。玩具被整齐地摆在一边,她的眼睛低垂,看着自己的脚尖。

"你想吃冰淇淋吗?这里的自动贩卖机里有很多口味的冰淇淋哦。"不等泉抬头,我就用控制不住颤抖的手按下了轮椅上的一个按钮,它很快开始亮红灯,这是养老院为我们准备的随时呼叫功能。

很快地,有一位年轻的女士敲门进来了。

"您好!请问有什么需求。"

"能带这个小姑娘去买冰淇淋吃吗?我和她妈妈在聊天。"我把头转向泉,"可以帮我带一个开心果口味的冰淇淋回来吗?"

泉看看琼,点了点头,和那位女士一起离开了房间。这里只剩下我和琼四目相对。

"其实在别人责怪我之前,我就已经在责怪我自己了。我是个自己的父母都不要的孩子，这是事实。"

"我觉得你很了不起，你把泉照顾得好好的。"

"您不要把养一个孩子想得太困难。当然不容易，但没有您想象得那么难。"

"是啊。可能是我想得太难了。"

"我妈妈是像您哥哥一样的人，她曾经生活在那样的环境里，她可能性格上有些问题，但不会像一些报道上写得那么可怕……知道这些对现在的我很重要。我现在……"

我看着琼的肩膀随着倾诉起伏，她身后半开的窗吹进轻轻的风，窗帘跃动。我点点头，鼓励她继续说下去。

"你的妈妈就是这样的，扔下了你，没有一点心疼。你也会像你妈妈一样扔掉泉吗？最近我的丈夫也开始这样说。他甚至不放心让我一个人带泉出去，好像我会把泉扔在外面一样。我肯定不会那么做的，可能我是有些情绪问题吧，生下泉后我的生活完全乱套了，没有人教我应该怎么做，他们总说到时候自然就会懂了，但我真的不懂。难道我真的从妈妈那遗传到了什么缺陷吗？别人都不知道我是空岛的孩子，如果知道了，他们会怎么看我？连我自己都不知道该怎么看自己。有时候我心里很焦躁，有那么多事在困扰我……泉在这时候来闹，我冲泉发火，事后又会很后悔。但我绝对没有想要伤害那个孩子，怎么可能呢？"

越过琼瘦弱的肩膀，我看到窗外的花园里有一个熟悉的身影，是石，他正背对着我。在他面前的是桐。他正和桐边比画边说着什么。

一瞬间，我明白了他在和桐通报琼的事。石果然没有被我说服，他作为四个孩子的父亲、合法缴税的好公民的正义感正在熊熊燃烧。

"一开始他们那样说我，我根本不当回事。我想每个妈妈都会经历这种困惑的时期，毕竟我是第一次当妈妈，但他们说得越来越像真的，我丈夫也开始防备我。我给泉做的饭，她吃了几口就放在一边，不管我怎么哄她她都不肯再张一次口。丈夫说我应该有耐心，她那天可能只是单纯不饿。他说得轻巧，那是我等到把泉哄睡着后做的。为什么没有人来问我累不累？等我反应过来时，丈夫已经把我手里的勺子打飞了——我自己都不知道为什么会那么偏执要把勺子塞到泉嘴里，泉已经吓哭了。后来好不容易把她哄睡着，看着她脸蛋上还挂着泪痕，我实在是恨自己，但又不敢走出卧室，卧室外面的丈夫一定在等着再数落我一通呢。我就缩在泉旁边哭了起来。泪眼蒙眬中我感到有人在抚摸我的头,你相信吗?那么小的泉竟然在安慰我!从那天开始我害怕了,万一我真的是遗传了妈妈的什么呢?万一我在自己都不知道的情况下伤害泉呢?她那么善良!"

她说的那些,我无疑都没有经历过,照顾孩子、被丈夫数落、无论怎么做都不对,我太怕这些了,所以我主动避开了这些。但我有种奇怪的感觉:我好像知道她在说什么。

"你不会伤害泉的,你只是没有信心。"

"是啊。我没有信心。我本来是有信心的。生泉之前,我那么期待,要跟她一起做这个做那个。我是被领养的,那又怎么样?我相信我会对女儿最好。可是生了她之后,我怎么做都不对了。就因为我还想像以前一样工作?就因为我觉得丈夫说得不对?自治会知道我是被遗弃的,给包括我丈夫在内的街坊邻居都发了通知。他们说这是在尽保护孩子的义务。保护泉?我一直都想给她最好的,她怎么会有危险呢?但是,从那时起一切都变了,我成了重点关注的对象。"

起初,专注和石在对话的桐并没有注意到窗边的我,后来他把目光从石那里移开——他们看上去像是谈完了——看到了我。他笑着抬起手朝我挥了挥,接着石也转头看到了我,石的表情很复杂。

这时，泉和那位女士回到了房间。泉径直走向琼，不，应该说是小跑着奔向琼，琼也往前迎了几步，紧紧把泉抱在怀里。明明才分开这么短的时间，她们却像是分开了好久好久。

"这是小姑娘给您选的。"那位女士把一个绿色包装的冰淇淋递给我。我道谢后，她把门关上离开了。

"我还想来这里玩。"泉的声音很小，但我听得很清楚。

"我们还能来看您吗？"琼的声音比泉大不了多少。

"当然，只要我还在这里。如果你们不来，我也没有从床上爬起来的理由了。"我说的是真心话。

泉笑出了声："就像我一样吗？不愿意起床。"

"对，就像你一样。"我也笑了。

门从外面被打开了。开门的是石，桐站在他身后。石没有进来，他像个忠实的护卫一样让开路，桐进来了。以前他也是这样给负责人开路的，只是现在负责人变成了桐。

"您好！"桐用洪亮又热情的嗓音和我打招呼。然后他朝泉笑了一下："小朋友，你好呀。"

我和他点点头，等着他进入正题。

"我都听石说了。"果然，他没有绕圈子，耽误彼此的时间,主要是他的宝贵时间,"当然不能只听他一面之词。我想问问您的看法。您是我们的人生大前辈嘛!很多事情您看得比我们全面、成熟。"人生大前辈,听到他巧妙地把我的年老说成一种优势,我才明白讨好人有时候竟然这么简单。

"很显然,事情没有那么严重。"我考虑着措辞,想尽快结束这个对话。我们谈话中的主角,我们正在评判的人,琼,就在这个房间里,难道石或桐,他们都没发现吗?

"您是说暂时还不用……"桐微微地眯起了眼,像是在消化我的话中之意。

"是的,不用。"我赶在他说出"通报"甚至"虐待"这样的词之前回答了他,"也许你没注意到,我正在和客人聊天。"我终于明白为什么气氛很怪了,因为桐进来后和我、泉都打了招呼,唯独无视了琼。我是这里交费入住的顾客,泉是社会的宝物,琼只是一个有可能被判"虐待"罪的妈妈。

桐微微一笑:"我明白了。那我不打扰了。如果有任何需求,您可以直接找我。"

"我正好有个请求。"

"哦?"

"能帮我把我的客人送出去吗?"

桐愣了一下,又笑了起来:"当然。"

我本来可以只冲她们摆摆手的,毕竟桐和石都在等,但我不知道从哪来的冲动,在她们离开之前又叫住了琼。

"你妈妈一定是出于某个理由,才做出那个决定。"我无视其他的目光。

"您真的这样想吗?"琼回头看着我,眼里已经含着泪水。

"是的,我相信她有正当的理由。明天你有时间再来一趟吗?和泉一起。"空岛消失了,除了肤浅的怪罪,没有人给我们真正的解答,我试过了,琼也试过了,几十年前没有,现在没有,以后也不会有。

"我们会来的。谢谢您。"她的声音在打战。

我不必非在那个时候叫住琼的——任谁都会注意到这一点。桐在不到一分钟内看了三次手表,石的手一直放在门把上等待,无疑,他们都很忙,他们要去贴墙纸,要去写报告,时间观念很强。

可我必须立即叫住琼。

"别做多余的事,别揽无关的责任。"太多事,我都是这样对自己说的。拿现在来说,我只要去提供证词,就能完成这笔交换,一个容身之地,继续活下去,这样不就够了吗——也许有一秒我有过这个念头。

可是，除了我，没人注意到琼的危机。不仅如此，还有人在顺理成章地无视她，吵着她有危害，等不及要给她定罪。没人发现她多么脆弱吗？她脆弱到三岁的孩子都想要保护她。

湿湿的东西掉在我的大腿上，凉冰冰的，我低下头才发现手里那个绿色的开心果冰淇淋已经融化大半。

一个声音在我心里越来越坚定：我不能让今天变成我们的最后一次见面，不能让她们带着这样的心情离开我的世界，我还有没告诉她们的事——

我知道空岛唯一一个婴儿，和她妈妈的事。

十

房间里只剩下我和石二人。今天他是晚班,这是自从他擅自和桐备案后,我们首次独处。

正是黄昏,石沉默着在我眼前拉上窗帘,房间瞬间暗下来。几秒后他打开了吊灯,房间又如白昼。

做完这些后,他告诉我要去做其他工作,过一会儿会来推我去吃晚饭,并问我现在要不要一杯水。

"谢谢你,石。我什么都不需要。"

他点了点头,嘴角有了一点笑意。我想这是我们重归于好的标志,他似乎也意识到了这一点,一如往常放心地离开了。

石离开后,我打开了早些时候让他从贵重物品柜里取来的皮箱。这个容量与学校书桌抽屉相差无几的皮箱，装着我活了七十三年留下的全部物品，现阶段尚且值得留下的东西。

一些旧照片，一些失去了原有形状的小玩意，几把分不清对应哪个门的钥匙，一些卡片，很多纸张发黄的信。

还有那本植物百科全书。

空岛29年，我最后一次登上空岛。那时我正满心扑在工作上，和丈夫的关系也有波折，总之我没有时间思考别的事。

那次只是一次简短的看望。我早早地去，早早地离开，和哥哥说了些话，觉得空岛的限制的确越来越多了——手机的事、船的班次、不许留宿等——但这些跟我自己心里在烦的、自己的事比起来都不值一提。大多时候，我身在岛上，却在想陆地上的事。

回到陆地上的家，我发现自己的背包里多了那本植物百科全书，第一次去空岛时给哥哥的礼物。我当时以为自己不小心装错了，就把那本书随意放在了书架的一角，想着下次去空岛时还给哥哥。

直到大火发生后，它成了哥哥唯一的遗物——空岛上什么都没有留下。

那是一本被翻到卷边泛黄的、大部头的书，很多书页做了标记,密密麻麻的小字。我是几年后收拾书架时发现的——在一些空白处,写的不是标记,而是信。

从空岛寄出的信都是被拆开过的,哥哥在信里只写不重要的几句话,他的意思再清晰不过:在信里,他能说的不多。但收到那些只有短短几句话的信的时候,我还不知道,真正的信,他写在了这本书的边边角角里。

又有人离开了。经费短缺,管不过来了。尽管我们尽量自给自足,也不能彻底解决问题。我们这些不愿意离开的人,成了烫手山芋,让人为难。

我已经在这里生活了几十年,家在这里。我不会走的,去陆地,我又能做什么呢……大好消息,空岛上将会诞生第一个婴儿。我们太高兴了。

有人来看滢,还带了很多婴儿用品。他们说等婴儿出生后,会把婴儿带到更安全、舒适的地方去(我不知道具体是哪里),前提是婴儿的智商没问题(他们会等出生后来测定）。滢不同意，她没有签文件。于是他们把带来的食物又带走了，他们很生气。他们凭什么生气？我们才伤心。

滢争取来了一次去陆地探亲的机会。她肚子明显起来了，没有吃的，营养不良。我们送她到船上，她站都站不稳。我劝她趁这个机会离开，别再回来。她说她无处可去，也不想成为家人的负担。我没有再劝她，因为如果别人劝我离开，我也会说同样的话。我们没有明说，但每个人应该都是这样想的，我们和陆地上的人不一样，有些人不把我们当人。

滢选好了一个诊所，说那里的夫妻没有孩子，会好好对孩子。她回来后每天都在哭，这对孕妇不好。我们都知道她做了正确的决定，但这无路可选的"正确"让人心碎。

珍，如果你能看到这些，不要回复。他们会找你麻烦。我听别人说过了，不要回复，不要来看我，很麻烦。如果我们够听话，像是不存在一样，他们就不会为难我们。也许有段时间,他们真的看重我们,珍惜我们,给我们最好的条件,但风向某天变了,他们也许是去关注别的事情了,或者无以为继了,甚至可能"他们"换了一拨人,那拨人有别的看重的事。谁知道真正的原因是什么呢?我们连问题都不是很清楚,更别说答案了。总之烂摊子没有人愿意收,只能希望烂摊子自生自灭,风来雨来,总会消亡。关于这些,我们选择留下的人都理解。我们会安静地生活。

你不像我,你听得出别人话中的真正含义,你能看到别人的心里去,就像我离开家那天,你知道我想玩跷跷板。

其实我每天都想玩跷跷板,却做不到像你一样,能在正确的时间玩,正确的时间上学,正确的时间吃饭。我也不知道自己是怎么回事。但我知道,你的日子一定会过得好。

我还记得读到这些的那天,我刚从妈妈的住所回到自己的家。妈妈拒绝护工照顾,这让我很头疼。开了两小时车回到家后,我和丈夫争论谁做的家务更多一点、更必需一点。结果他赢了,他让我觉得自己失败极了。他说我总在纠结他的一些用词,把他想得很坏,而他本没有深意。我像是被异物噎住了——我始终用我的第二语言、他的母语和他说话,这让我感觉所有事都隔着一层玻璃墙,要努力用脑袋撞墙的那个人始终是我。因为他说他的用词里没有深意,我却坚信词语里藏着人的灵魂。

我把自己关在书房,为了让自己能心平气和一点,开始整理书架上随便摆放的书。过了一段时间,我决定翻开那本从没看过的植物百科全书,想看看一些无关心情的植物笔记。但我很快发现,哥哥记录的多数笔记都和植物并不相关。起初,我很困惑。我只能继续翻下去、看下去,想把事情联系在一起。后来,我意识到这是哥哥记下的空岛当时的状况,他写在书上,又把书默默地塞进了我的包里。

哥哥写下的"信"好懂又合理。我明白了,为何这些内容无法作为真正的信被寄出、被送到生活在陆地上的我手里。也正因如此,几乎所有人都选择不去想空岛究竟变成了什么样,包括我。

我坐在柔软的沙发上,旁边的茶几上摆着坚果和酒,尽管在度过了那样糟糕又疲累的一天,我仍能保证自己的舒适度。我抱怨许多事情,但它们不曾真的带给我威胁,比起不快的事情,我可以有其他选择。那哥哥呢?他有其他的选择吗?被送去空岛、被留在空岛、被陆地渐渐忘记,这些都不是他的选择。我从没听过他的抱怨,他的冷静和怒气只有一线之隔——这只是一个简略的印象,而且自从他去了空岛,这个印象也没有再更新了。

我看着哥哥记下的短短长长的句子,它们交织飞舞,在我眼前幻化成一个从没见过的怪物——海中央的孤岛。我看到许多像哥哥一样的"孩子"——他们敏感地察觉到了危机,却无处可去。

在海中央的孤岛,无论别人如何美化这个地方,无论它有多美,它始终是被动的,它的存在取决于别人的赠予。这意味着,无论在多久之后,无论发生什么问题,只要别人不想再赠予,孤岛上的他们只能接受。这是一种怎样的不安、恐惧?他们是如何忍受那一切的?

哥哥怀着希望向我倾诉,并不希望我的生活因此受到任何影响。我真后悔没早些跟他说实话:我的生活实际上肤浅而没有意义。

我想,就是从那一刻起,我不再装傻,不再选择只看自己想要看到的。我有疑问,并且这些疑问从未得到过解答。这本身就很可疑,哥哥的记录只是合理地呼应了这一切。

我还能做什么吗?我不知道。我疯了一样,到处去问,到底空岛上发生了什么事?空岛只是发生了一场纵火案，还是集体被抛弃了？凶手是如何认罪的？凶手只有一个人吗？

我被推来搡去，没有一个人看着我的眼睛和我说过一句话。倒是有人警惕地反问我，是不是听到了什么传言？从谁那里听到的？他们想知道来源。

丈夫劝我消停，他说我会惹到一些人。现在所有人都致力于把空岛的事简单化，想要把这一章掀过去，我这样问来问去不可能有结果。

丈夫说，你看看现在的局势。你想用一根小线头，揪出一头大象？你想听到什么样的回复？为你写份报告，说空岛从哪年哪月的哪天开始，财政出现问题，又是哪个人造成了这个结果？还不光是这样，财政出现问题后，是哪个人放任了管理？哪个人默认了放弃治理？哪个人制定了计划？哪个人联系上了凶手？你想知道所有犯错的人的名字？

他试图把我的情绪拆解到粉碎，这样我就能一点点消化。但这次，已经粉碎的情绪我也消化不了。我从来没在他面前哭过，那次是第一次，我哭着告诉他，哥哥最后一定很绝望。妈妈已经病得很重，我不能跟她说这些事。现在只有我去弄清楚真相。

丈夫没再说什么，他还用自己的人脉帮我联系了两个有可能知情的人。我把自己的软弱暴露在他面前，告诉他我需要什么，他又能为我做什么。我顾不上藏了。

那是多长的一段时间？三个月，或者半年，我除了照顾妈妈，就是联系和空岛有过交集的人。

通过各种途径，我找到了几位空岛遗属。我们在一个昏暗的咖啡厅见面，即便如此还是有其他顾客认出了我："你是不是上了新闻的那个人？空岛上的是你哥哥？还是姐姐来着？"我记得自己攥紧了拳头，在心里暗暗发誓绝不会让他再接近一步。直到他悻悻离开之后，我才发觉自己浑身瘫软。

我们最终什么都没有吃，没人有胃口，我们只喝了一点简单的茶水。在那个咖啡厅待的不到三十分钟里，我们压低声音，各自介绍了自己失去的亲人，"很好的孩子""很聪明的孩子""很好的人"……就是这些了，几乎没有别的形容词，也没有别的可以介绍的，我们对这些亲人的共通点心知肚明。

就在大家介绍完一圈之后，突然有个人说到抚恤金的事。"听说每个家庭能领到的抚恤金数额不同。我想问问……你们拿了多少？"

没有人接茬。

就在这时，我鼓起勇气，说出了来之前就想好的问题：我们得把心里的疑问弄清楚。这也正是我把他们聚集起来的理由。

我刚说完这句话，就感觉到所有人都看着我。我错误地把警觉当成鼓励，试探性地说了信被拆过的事。"你们也一定有同样的疑问。"我热切地追寻他们的目光，以为他们会说出更多细节，然后我们可以一起做些什么。可他们却一个个都把头转开了。

和刚才抚恤金的话题一样，没有人接茬。

很快，有个人站起来说她要回家了，以后想开启新生活，让我们不要再联系她了。她说完就哭着走了。然后断断续续，剩下的人也都离开了。

倒数第二个离开的人是一位头发花白的男性，他皱着眉头看了我好久，然后开口说道："你看到了吗？我们都是老年人了，不能再走错了。"

我点点头，但根本不明白他是什么意思。他又说："你还年轻，你也不能走错了。"

那次见面让我有短暂的挫败，但我很快重整旗鼓，展开了更多的调查、更多的联络，这就是我那段时间生活的全部。还有一次，我甚至找到了凶手的家庭住址。我没有想任何事，开了很长时间车，敲开了那扇门。

不出意料，凶手父亲模样的人得知我是谁后，立即把门关上了。我转到窗前继续喊："我只想问几句话就走。我什么也不会做的。"一直喊到周围邻居跑出来看，他才又把门打开。

我们就站在玄关的过道，他一脸痛苦地看着我："你想问什么？"

"真的是他放的火吗？"我问。

"他在场，留下了指纹，他认了罪。我还能说什么？"

"死了那么多人。他为什么要这么做？"我的声音都在颤抖。

"我不知道。"

我看到的，是一个很久之前就无法与儿子沟通的父亲。我在做什么？告诉这个父亲他到底有多失败，才教育出一个这样的儿子？想到这，我决定离开了。

就在出门的时候，我听到那个父亲在我身后说："其实，他的……智商不高……他一个人不可能……我不相信他能策划那么周密……买汽油、切断电线，还有船……"

我停住脚步，不等我转身，那扇门又关上了。

接着，我想联系上那个凶手的律师，想见凶手一面，想听听他怎么说。我还去了空岛刚建成时负责部门，那栋楼已移作他用，看门人说他根本没听说过那个部门名称，当我费劲哀求，让他帮我给里面的人打一个电话，电话拨通后，里面传来的冷漠声音只重复着让我别再来烦他们。我就这样做了很多无用的事，还以为自己总能找到一条最好走的路。我那时根本不知道自己"自由"的边界在哪里，不，我根本没有意识到我有边界。我以为只要我有时间、付得起开销、没有伤害任何人，更别说我有一个万分合理的动机，我就该是"自由"的。

是在哪个瞬间，我触碰到了边界却不自知呢？我无数遍回想，很多事都有征兆。征兆一直很明显，某个人躲避的眼神，某个人警惕的口吻，某个人半真半假的威胁，只不过都被我忽视掉了而已。

直到那起事故发生，我的丈夫开车时被撞飞——那天他刚好开了我的车——撞他的大卡车无影无踪地消失在了黑夜里。

我最后一次见到丈夫，他整个人都变形了，还在尽最后一点力气跟我嬉皮笑脸："揪出大象了吗？"

当天夜里，我守着他的时候，他突然做梦惊醒一样叫我的名字。

我握着他的手，告诉他我在。

在黑暗中，他说他知道。我不知道他指的是什么，只好耐心地等他继续说下去。

他的声音听起来跟平时没什么两样，仿佛我们不是在临终病房,而是在自家卧室的那张大床,然后他又说:"你是真的想知道。但我怕你受伤。"

这就是他最后留给我的话。

也许我从一开始就知道这个结果,我也愿意搭上自己肤浅而没有意义的生命,但我没想到,代我受罚的会是他。

把自己多余的神经收好,做一个表面上有点糊涂的老人,保持礼貌,必要的时候索取同情,在什么情况下都不树敌。只要不去想那些事情,专注于今日的饭菜和天气,一切不会太难。有时候我想,照顾自己,我真是精于此道。

多少年,我再没有翻开这本书。它和它里面的内容会刺痛我的眼睛,让我失去活下去的勇气。因为它记载着哥哥的绝望,也因为它提醒我对绝望无能为力。有时候甚至不是时间问题,因为无论什么时候,我都是无能为力的。我失去了所有我珍重的、珍重我的人。

现在,我又把这本书拿了出来。

这次,我要用它来支撑另外一个人活下去。

眼前的琼,正眼眶湿润地看着我,等着我开口。

我要在密密麻麻的绝望里,找出零星的希望,我要对琼说,你的妈妈叫滢,她怀上你,整个空岛都很开心。他们期待你的出生,但他们没办法养你,因为他们知道大难临头、自身难保。你的妈妈不得已,无比心碎地把你送到了陆地。

我想告诉你的就是——你不是被遗弃的,你是被深深爱着的,你被寄予深深的希望。你该有信心。

十一

为了有个住处,我必须以被采访者的姿态接近那对母女,给儿童部提供我的观察意见。

我本以为事情只是如此。

他们带我去做证。冗长而沉闷的会议中,他们问了我一些指向性明确的问题。当我回答了有利于琼的内容,他们一再向我重复问题,企图得到相反的回答。似乎他们已有定论,并且希望我知趣点,尽快说点他们需要的,好让我们彼此都能早点完工离开。没过几分钟,我就明白了这件事。

我不愿意说谎,我指责他们是在小题大做,而且,我认为,只要不是极端特殊的情况,孩子都应该跟妈妈一起生活。

最后,他们不耐烦地问我,从我的角度看,琼是否因为多次采访而放弃了和女儿相处的时间?他们明显放弃了让我陈述什么,只是想要一个点头,或"是的"。

藤就坐在席上,冷静地看着我。桐在他身后站着,一把年纪,还是像个小跟班,他一头汗,冲我狠狠点头——他是在好心提醒我,快点点头。

从不任性的我,那一刻却想任性,做我想做的事。

这时我可能还有一线希望,点点头,顺着他们的话说,就能成他们那边的人,继续生活。但我不仅没有点头,还说了一长串我的"见解",我说琼很努力,对泉已经做到了最好,我还说如果只是因为琼是被抛弃的孩子,就认定她做不好妈妈,未免太武断。我说了很多,现在不能一一记起了,但无论哪一句,肯定都不是他们想要的东西。他们前后摇晃身体,看我的目光意味深长。

我说的那些,说不定不会被记录在案,那时我就有了这种不好的预感。但我就是想看着他们的眼睛把话说完,看他们到底是蠢还是坏。

"你们真想保护儿童,就帮帮他们的妈妈,听听她们的苦恼。而不是想办法把他们分开。育儿,'育'是谓语,'儿'是宾语,最重要的主语,你们怎么不提?"当他们厉声要求我暂停发言时,我还在说这些。

坐在中央的一个人笑了:"看来您语言学得很好,听说您丈夫是外国人。"然后其他人都笑了起来。

我得到了答案:他们又蠢又坏。

作为代价,我要面对的是自己的困难:因为一时任性,我可能即将失去对于一个老人最重要的东西——得体的归宿。这次我没能"照顾好自己"。

我做了那么多交易,甚至有时会得意,自己居然还有可被利用的价值——被需要总不是一件坏事——但这次我突然不想交换了。可被利用的东西很珍贵,我希望它有更妥善的用途。这可能就是全部的解释吧。

就在这时候,藤再次露出了不耐烦的神情,就像他第一次来到我的房间时那样。他明显习惯使用最高效的、板上钉钉的处理方式,并对任何有可能浪费时间、充满未知的处理方式不屑一顾。

我看到他回头对桐说了些什么,桐一边听,一边看了看我,他的眼神变得很坚定。

"您的记忆力出现问题了吧,听说您把看到的都记在笔记本上?"藤站了起来,指了指我面前的笔记本,"考虑到您的年纪,这件事对您来说负担太重了。对我们来说,这样的证词也不够可信。"

刚才笑过我的人又坐直了，摆出一副严肃的神情。

"我们还有一位知情人士提供的证词。"桐紧接着说，"他是一位有四个孩子的、优秀的父亲。"

桐立即出示了手里的一份资料，并随即读了几段。读到"妈妈不在家"的那一段时，在座的人们不时发出叹息，好像他们真的看到了一个可怜的小女孩和她不负责任的妈妈一样。

桐读了几段后，扬扬手里的资料说："很确凿的证据。我认为我们应该进行下一步动作了，让专家和她们谈谈，尤其是那个小女孩，了解她到底需要什么，我们又能做什么保护措施。"

我坐在座位上一个字也说不出来。他们像是忘记了我的存在，开始大谈特谈接下来的工作安排。直到有人进来，移动了我的轮椅。

石来庭院找我的时候，我已经一个人在那里坐了很久。其他人告诉我，今天石休息，但我坚持让他们给他打电话。我的态度可能很不好，但我管不了那么多了。

石穿着一身再普通不过的休闲装来了，这是我第一次看他不穿制服的样子。

"您找我？"他很镇定，带着自信的微笑。

"你给儿童部提供了证词？"我没有力气铺垫什么了。尽管不知道这样和石对峙能有什么用，但我内心还是有一丝希望，也许还能补救。

"我有义务，对那个小女孩。泉？是这个名字吧。再说了，儿童部早就介入了，事情很快就能搞清楚。"

"你知道什么呢？"我忍不住把牙齿咬得紧紧的。

"我知道泉很不安，很害怕。我还知道孩子越来越少，我们不仅人口正在负增长，受到不当的家庭教育、被虐待的孩子数量也在增加。您又知道什么呢？"石直直地看着我，好像在说这次他不会退让。

"她只是很担心妈妈，因为妈妈情绪不稳定。"面对义正词严的石，我尝试用真心话沟通，希望他能听懂。但不知道为什么，说出这句话后，我原本被愤怒填满的情绪突然泄了气，一种拳头打在空气里的无力感，甚至羞愧感，包围了我。

"如果真是这样，那我们更应该帮助她。孩子待在情绪不稳定的妈妈身边，是很危险的。这点儿童部的人自会判断，那些人都是专家。"

专家，还用说吗？专家最懂如何问孩子问题。

"你妈妈喜欢什么？""如果你不乖，她会生气吧?""她会在什么时候表扬你?""你偶尔会觉得孤单吗?"专家是最懂说话技巧的人,他们会问得很细,并让人毫无戒心。最重要的是,他们总能得到他们想要的答案,尤其是从孩子那里,轻而易举。

"你妈妈最近有没有在你面前哭过?她看上去伤心吗?"一位总是穿着深蓝色套装的年老女士,曾经这样问十来岁的我。她自我介绍说自己是育儿专家,也是空岛委员会的成员之一。

在这个问题之前,我知道自己在被问话,我告诉自己,如果她问任何关于妈妈"好"或"坏"的话,或者类似的话,一定要答出积极的那一面,而非消极的那一面——对我来说,这就像给妈妈评分,我当然想给她最高的分数。

我一直提醒自己不要掉进陷阱,不要节外生枝。

我自认没有掉以轻心,但这个问题还是难住了我,一方面,我确实认为妈妈那阵子哭的次数太多了,另外一方面,十来岁的我不能判断"哭"到底是积极还是消极的佐证。

我记得自己犹豫了一会儿,在那位年老女士的鼓励下说了实话:"她最近经常哭,看起来非常伤心,在那种情况下,有些简单的事她也做不了。"

我也记得那位年老女士非常赞许地告诉我："你妈妈需要帮助,谢谢你告诉我们这一点。"然后她又问了我更多看似不相关的问题,让我晕头转向,不知道她的实际用意在何处。

直到我的回答被写进报告,成为妈妈不应该把哥哥留在身边的证据之一,我才知道她要论证的题目是什么。她选取了合适的句子(每个字都是出自我本人之口,毫无捏造)放在合适的位置,成了一篇合适的报告。

这篇报告在多大程度上打动了评委会、评估过程中这篇报告的结果占多大比重,这些我不得而知。但可以肯定是,在最后关头,哥哥已经通过评估要去空岛,妈妈却反悔的时候,这份报告清晰地表示她该维持原来的决定:她当下的状况不具有抚养哥哥的能力。

这就是那些专家做的。如果他们有一个结论,他们就一定能证明这个结论,只要选取一个合适的角度。

"你觉得自己在帮泉?你没有任何实质性的证据,能证明琼伤害了自己的女儿。你只是通过揭露琼的弱点,贬低她的可信度而已。"最后一次,我希望石知道自己做了什么。

"我不会改变自己的看法。"

"你会后悔的。"

我以为这句话就能终结对话,如果他能因此重新考虑一下证词……哪怕他不会,我也知道与他已经没有什么好说的了。我按下按钮,想找人来推我回房间。

没想到石突然冷冷地说:"我想是因为您没有孩子,所以不了解孩子。"

他的语气跟我印象中的判若两人。我还记得第一次见面,我在庭院池塘边等他。他十分拘谨,当我开玩笑说我没有孩子,所以不会有访客——尽管对我而言只是说了实情,却让他露出抱歉的表情,那时我就知道他不是坏人。

如今他却用这句话来反驳我。虽然他的话有些越界了,但我其实并不在意那是否是对我个人的讽刺。他的话只是让我认识到一个显而易见的事实:他认为,因为我没有孩子,所以在关于泉的事上没有发言权,他不认同我的看法,坚持自己是对的。

十二

泉终于来了,她比刚来的时候还要沉默。潜意识里,我觉得她的变化和她与儿童部的谈话有关。来了之后,她就一直躲在一边看图画书,不愿意过来。我确定在这个距离她不会听到我们的谈话,但她仍不时地看她妈妈,像是在确认什么。

琼也变了。我问她怎么了,有没有睡好,她没有回答,我以为是会客厅太嘈杂她没听清楚,没想到过了几分钟她说:"我和儿童部的专家说,我现在已经搞清楚了,我妈妈是迫不得已离开了我,我当然也不会虐待、抛弃泉,现在我对自己有信心了,请他们放心。"

原来儿童部的专家也和琼谈话了。当一个人需要某方面的帮助,而一个这方面的专家正好出现,他的话会影响至深。

"他们怎么说，结束调查？"从她们的表情我知道这不太可能，事情可能朝相反方向发展了，但我还是忍不住问道。

"他们说我有很强的育儿焦虑，喜欢工作超过在家，不是一个好妈妈。"

好妈妈到底该是什么样的？我本来想问问她，但想起石的那句"因为您没有孩子"，我最终还是没开口。

"我确实没有耐心，因为一点小事就发脾气。"她又说道。

"听说三岁正是叛逆期。"

"可是，同样的状况，为什么我丈夫就不会发火呢？还有石，他上次让我放轻松，他看上去也不像是会发火的那种家长。"

这时，一阵夸张的笑声传来。我转头看到走廊尽头的那位老太太就坐在我们旁边，眼睛直直地盯着音量近乎为零的电视节目："哦，这还不简单。"

我以为她又开始自言自语了，她却把身体转了个方向，朝我们笑着说道："因为他们每天只需要面对一个小时，而你要面对二十四个小时。"

"什么？"琼的视线越过我，向老太太问道。

"孩子。他们每天花多久照顾孩子？一个小

时？两个小时？就算孩子无理取闹他们也能轻松面对，无理取闹多可爱啊，精力旺盛多好啊，因为他们只需要花这一点时间！你呢？你花多少时间？哦，不对，应该问你除了照顾孩子还有别的时间吗？你有工作吗？有？但你是个妈妈，就算工作你也逃不掉照顾孩子的责任吧？没有工作？那不更应该全身心地扑在孩子身上？总之，你跑不掉的！"

老太太爆发出比刚才更夸张的笑声，她像是控制不住自己一样，再次提高了声调："如果一天只需要我照顾孩子一个小时，我也能精力充沛、笑容满面，我会跟孩子玩得很开心！可是你怎么能要求一个人二十四小时都保持那种亢奋状态？你怎么能看到我发脾气就说我不够资格？你有什么资格？！"说到这里，她的声音已经接近于吼了。几个护工跑来了，她几乎是被按在轮椅上推走的。

"打电话给她女儿。"一个护工朝前台叫道。

"疯了。"另外一个护工冷静地总结道。

眼前一阵慌乱，我只是替她感觉难过。她一定压抑了很久，平静了很久，只不过最近又重新想起了这些事。

"可能在我丈夫眼里，我就是这样的形象。他说我疯了，歇斯底里。其实我只是不知道除了提高音量，手舞足蹈，还有什么办法能唤起他的注意，让他看到我。我是个活生生的人，我不只是照顾孩子和做家务的机器，我有自己想做的事，想考虑的事，就像他一样，这很难理解吗？"琼像是想起了什么，"他说我吓到了泉，所以她才很少说话。同龄的孩子都会说很长的句子，表达自己的意思了，泉还只能说几个单字。不仅是这样，她甚至很少哭闹，当她坚决不做一件事的时候，没有人能哄得了她。儿童部的专家和我说，这不正常。"

又是专家。不管是专家，还是想要出主意的外人——总归是外人，他们是尖锐锃亮的工具，可家庭内部本就是潮湿松软的。很多时候，外部力量介入家庭内部的瞬间，细小的裂缝就难以挽回地形成了。

我能想象，他们选一个日子横冲直撞闯进琼的家，以"关怀"和"责任"为由打破她们本该私密的日常生活，把她们母女分隔两处，单独谈话，人心惶惶。这在他们的工作计划表上只是短短一句，却给一个家庭带去了一个重磅炸弹。那些微妙的平衡被粗暴地打破，琼的人生、泉的人生，甚至我为数不多的剩余时间，也会在玻璃震碎时留下裂痕。

他们就是不能明白，很多事情不像走错了门后说一句"对不起，搞错了"就能结束，相反，糟糕的事情可能就此开始。

在我还年幼的时候,不止一次,"热心人士"闯入我的家,教我妈妈应该怎么样教育孩子——尤其指哥哥。

"我觉得这个可能对他有好处,你应该去听听。"一个总是戴着各式帽子的阿姨曾经来过几次,每次都带来不一样的宣传单,而那个宣传单其实早都在我家出现过了,因为所有可能对哥哥有用的信息,妈妈都第一时间获取了。

站在玄关的阿姨不愿意离去,等着妈妈请她进门,进了门后,她的目光四处搜索,想找到一点狼藉的踪迹,这样她就能出去跟别人嚼我家的舌根。她假装关心哥哥最近有没有"惹事",饶有兴致地听哥哥的故事,煞有介事地分享自己的育儿心得,因为她自大地认为自己做得比妈妈好。如果那天妈妈恰巧心情不好,对她冷淡,她就会赶紧撇清责任:"我只是随便说说,说错了你别介意。"

她这样的人,太清楚如何搅乱别人又把自己摘得干干净净。

我在一边,把她的一切阴谋都看在眼里,从不跟她说话。但妈妈看不清,每次都被这个阿姨搅得心神不宁。"也许应该再试试那个治疗法。"明明已经试过了,却因为那个阿姨的随口一说又在心里掀起波澜。我眼看着妈妈在好不容易找到的宁静里翻滚，而外人不用为自己的打扰付出任何代价。

眼前的琼，难道不是在重复一样的事吗？

琼还说了很多话，但我很难一一记起来了。她的话很含混，顺序和逻辑都是。我只知道对于泉的言语迟缓问题、性格问题，她很自责。

无疑，"为了泉好"现在是她脑海中的关键词。也许是在专家的引导下，她开始思考如何做才是对泉好，而不是自己想要怎么样。我也知道，她几乎是在向我、向她自己宣布一个决定：她觉得自己应该和泉分开，为了泉好。就像她说的那样，只有在感觉到危险的时候，她才会放开泉，而儿童部告诉她，和她在一起，对泉是危险的。

我还有一种感觉，泉每次往我们这边看过来，每一次她关切的眼神，都刺伤了琼。

走廊上传来很多人的脚步声，有人在大声地问该把新家具搬到哪个房间，另外一个人大声报出了我的房间号。

留给我的时间不多了，从上周去儿童部提供证词以来，我提醒自己每天都有可能被赶出去。他们做得出来，他们也确实有理由恨我。

也许，就是今天。

"下次你来这里，可能我就不在了。疏散就快结束了。"我对琼说，"但这里会很适合泉玩。"

"去哪能找到您？"

我很想给她一个地址，但我做不到。

"空岛的事，我知道的全都告诉你了。我真的很想看看，你能写出什么样的文章。"我说。

琼点了点头："我会努力的。"

我们静静地看着对方，这就是最后的场景了吗？一个被采访者和一个女记者，一个没有子女、无处可去的老人和一个充满困惑的新手妈妈，各取所需的两个陌生人，即将面临各自的困难。

我想给琼一个拥抱，但我只靠自己站都站不起来。

这时，泉来到了我的轮椅前，伸出了小小的手。

"握手。"泉说。我伸出手，她用手攥紧了我的大拇指。"握手。"她又说了一遍。

我的心里像是有根细细的线，绷紧又拉断了，脆脆的一声。我想，就在那个瞬间，琼的心里也发生了同样的事。

"我该……把泉送走吗？"

琼无助地看着我。她不是随便说说，她是在问我，她要我的回答。

我可以用一两句就打发她，只要我不是真的关心她。我可以告诉她，这是你自己的判断和选择，你是自由的，不管你做什么，我支持你。就像那些不关心我的人对我说过的那样，我当时就注意到，他们只是想让我赶紧消失。

那些正确却冷漠的句子是万能的，它们把人和人推到远远的、安全的距离。这样，万一对方选错了边，受了伤，就和自己无关。我了解这一点，很少真的给谁参考意见，大家各自决定、各自负责。我已经多少年没认真说过"你应该"或者"你需要"了？我默认别人与我无关。我甚至为了与别人无关，选择不生孩子，彻底抹掉不得不为孩子做决定的可能。

为了不当有可能被看作有问题的妈妈，我选择不当妈妈。我用一种名叫"自私"的缺点，确保自己不受伤。

可是，当我看着琼，忍不住去想，如果我有女儿，应该和她差不多大吧。在她需要我帮助的时候，在她把伤口给我看之后，我怎么可能用任何方式把她推开呢？如果我们血肉相连，我会参与她的决定，甚至左右她的决定，更重要的是：承担任何后果，哪怕那个后果会伤害我。

不要貌似聪明地推开她，哪怕笨拙地拥抱她。

"有人说，因为我没有孩子，所以我不了解孩子。"我闭上眼，听到走廊上有人在打电话，并因为信号不好而大发雷霆。

因为您没有孩子——那天，这句话一出现在空气中，我就冻结住了自己。当晚我劝慰自己，说石这样说并非毫无道理，说我并不在意，都是在杀时间，等着时间过去，新的覆盖旧的。我必须承认这一点，不然我没法继续往下说。事实上我很在意。

"但我曾经是那个孩子。"终于，我对琼说出了口。

观察周围的环境，观察每一个人，观察所有事物和妈妈的表情之间的联系，我知道的道理太少，不足以告诉我如何改变事情本身，但我可以观察。如果妈妈的表情放松，甚至她笑了，我就能知道那件事是好事，那个人是好人。如果她紧张，她难过，她事后还难以挣脱，我就知道他们是敌人。全部的世界和全部的答案都写在妈妈脸上，没人比我清楚她难以自控的肢体动作、她即将崩溃时的嘴角弧度变化、她在爸爸关门离开后的背部弧度、她以为我睡着后的轻声哭泣。一个小女孩，除了默默地祈祷只要自己足够专心，就能观察到妈妈的情绪变化，祈祷自己的一点防卫心能保护脆弱的妈妈，还能为妈妈做什么呢？我不就是这样观察妈妈的吗？观察她的一喜一忧，一笑一泣，观察所有和她出现在同一个场景里的人事物，忘记了自己。

就像泉一样。

我坐在一个小小的角落里，我知道自己可以开口说话，也想要任性，但我担心妈妈，忘记了自己。

那时我几岁？比泉大不了多少，一定还没满十岁。

现在，我七十三岁了，坐在这间一成不变的房间里，想着那时的我想要的到底是什么。

我不需要一日三餐都是营养均衡的饭菜，偶尔饿一顿也没什么；整洁的家当然很好，但一周只扫除一次也没什么大不了；妈妈心情不好冲我吼了几句，第二天我就忘了；如果她有必须处理的更烦扰的事，我可以等。

我想要的是妈妈笑，想要她自信：不管那些不相干的人怎么说，我都只需要她、信任她，哪怕她离完美还很远。我可以忘记所有她做错的事，只要她能看到我，还跟我在一起，就证明她没有放弃。

有人进来了，要搬走这些吗？没问题。需要我们都出去？再给我几分钟。我保证，不会超过十分钟。

如果一个孩子的证词不足以改变你的想法，琼，你可以看看我的妈妈。

几十年前,我眼看着妈妈做出那个最好的决定:把哥哥送到空岛。那里多好,有清洁的空气和水,有最具耐心的看护人员,有友好的环境,这是正确的选择,为了哥哥。

哥哥离开的前一天,妈妈叫住正准备出门玩的我,拜托我去哥哥的房间看他收拾得怎么样。

我不耐烦地问她为什么不自己去看,她双眼通红地看着我说:"我怕看到他,就不想让他走了。"我又嘟囔,那就不让他走不就好了?妈妈却说了一堆必须送走哥哥的理由,与其说是说给我听,不如说是再一次提醒她自己。她语无伦次的话语,表示她已经被各种力量拉扯得痛苦万分。没有完美的答案,她却是必须做出选择、承担后果的唯一一个人。哥哥走后的事,除了她自己,谁又会在乎?她到离世的那一天,都看着港口的方向,我知道,那么多年里,她没有一天不在后悔。

这些碎片在今天全部重叠到了一起,想要"帮"妈妈的空岛委员会成员,对哥哥格外感兴趣的陌生阿姨,责怪妈妈过于偏袒哥哥而忽略我的爸爸,包括向我们家探头探脑的所有陌生人,出现在我家和你家的、所有的"专家",他们有自己的打算,那些打算我们永远不得而知。他们也许没有恶意,他们口口声声关心孩子。他们关心的是一个孩子从出生到成年能带来多少消费刺激，以及一个孩子成年后能产生多少经济价值。他们有公式计算这一切，但他们一定不会比任何一个妈妈更关心自己的孩子。离开了妈妈的孩子，只剩一个个名字，甚至会变成一个个数字。

情况不就是这样简单吗？总是有这样不甚关心的人，能从妈妈的脆弱里找出毛病来，还叫嚣着："你需要帮助，让我们来教你如何对待自己的孩子。"他们在找到你之前就已经策划好了一切，他们会拿捏你最软的地方。

只要他们还不能强制把你们分开，如果他们还只能用花言巧语来蒙骗你的话——别让他们得逞。

好了，我该走了。没事的，别和他们争，放开吧，让他们搬走吧。照顾好泉，我没事的。

对了，还有，如果情况不妙，不要想太多，不要在乎别人会怎么看，能躲就躲，躲远点。这是我的亲身体验：有时候这种笨拙的方法最有效。

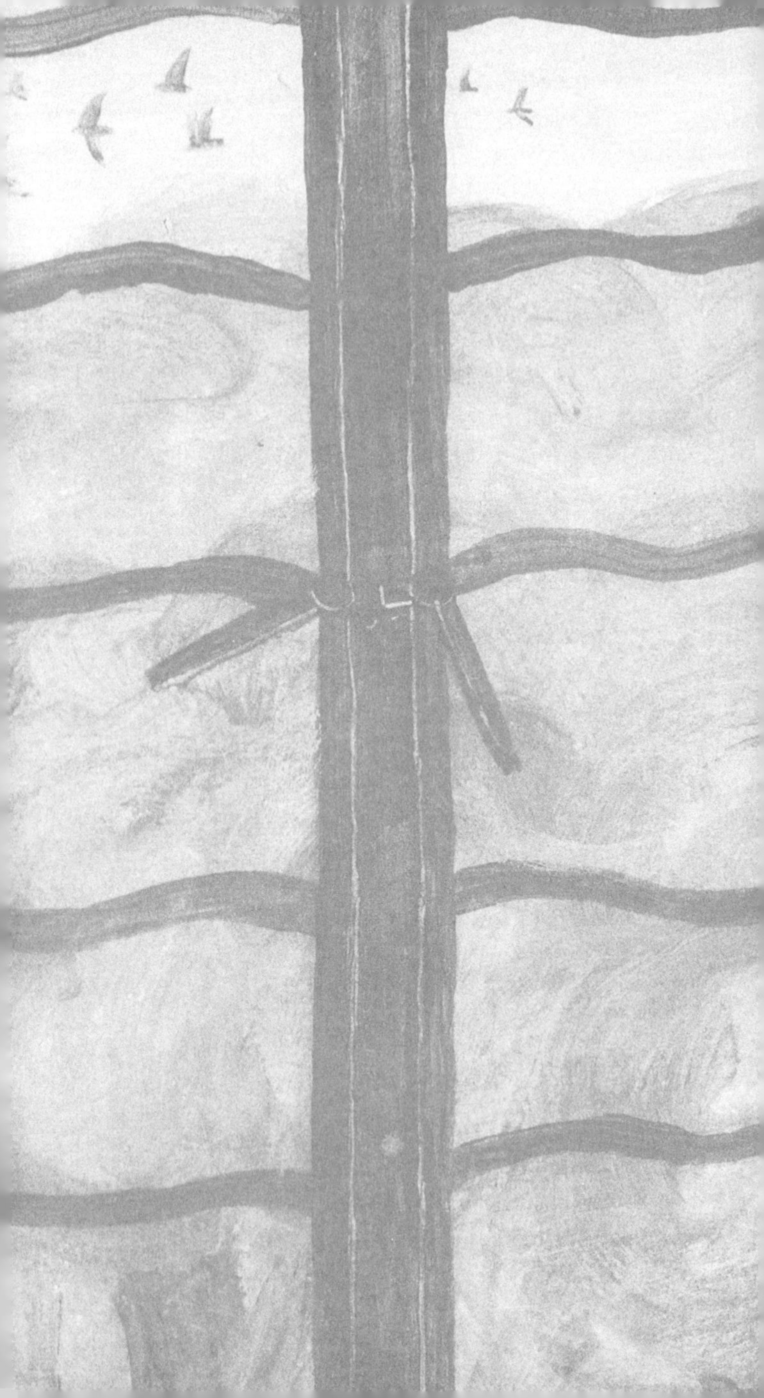

第三部

一

那个坐在角落里的小女孩就是我。我又饿又渴,已经在那里坐了至少两个小时,因为整点报时的挂钟已经响过了两次。

窗外传来小朋友们打闹的声音,小学放学了。接着是门锁转动的声音。我紧紧盯着门,以为是妈妈回来了。

结果进门的是爸爸,我立即站起来,假装要开冰箱。因为坐太久腿都有点麻了,我差点摔倒。

"你在干什么?"爸爸一边脱外套一边问我。

"我想喝牛奶。"可冰箱里没有牛奶,没有鸡蛋,什么都没有。

"妈妈呢?哦,今天是那个讲座是吧。你午饭吃了什么?"

"随便吃的。"我赶紧搪塞。

好险,还好爸爸没察觉到异常。事实上我中午还没吃饭,冰箱里也没有任何能吃的。妈妈几个小时前带哥哥去参加讲座了,她整个人状态很差,连头发都没有梳。哥哥又在出门前闹脾气,非要找一双早就扔掉的鞋子,不知为何今天他非那双鞋不可——遇到这种事,我就知道大事不妙,赶紧躲进了自己的房间。

我听到妈妈一直在说什么,最后甚至带着哭腔,直到听到门被关上的声音,我才跑出来。

"我……"对着空无一人的客厅张了张口,又闭上了。我知道妈妈又把我忘记了,但这次我不会再哭了。

这已经不是第一次了,一个星期前也有一次,她慌慌忙忙跑回家,说要带哥哥去看门诊,有人告诉了她一个地方,她就忍不住要去试试看。她走前说等他们结束,会给我带盒饭回来,让我在家等。结果她回来时脸色很难看,一直在说不该去的,浪费时间,对方什么都不懂,她太激动以至于摔碎了一个杯子。

我实在是太饿了,就问她我的盒饭呢?她愣了一下说:"忘记了。"

如果她能更婉转一些,撒个谎说"已经没有卖的了"，我会不会比较好受？我曾经很多次想过这个问题。但她的状况差到不足以支持撒谎，她没有心情考虑一个谎言，更没有心情考虑一个孩子的承受力。

"我把你忘记了。"

她不是忘记买盒饭，她是把我这个人忘记了。

我像所有那个年纪的孩子一样哇哇大哭，一半是因为委屈，一半是因为太饿。我等着妈妈来抱紧我，喂我吃饭，但妈妈只是坐在离我很远的地方，神情黯淡地抱怨其他的事扰乱了她的心思，让她承受不了，可她不能休息片刻，立即得去上班。刚到家的爸爸很快就弄清楚发生了什么事，他的反应超出我的预料，他用洪亮的声音说着要带我走，说妈妈会害了我。

这一天的事情并不是毫无征兆，所有事情都有征兆，只要肯观察。从忘记给我准备制服到忘记我这个人的存在，中间大概隔了好几个月。这几个月里妈妈的精神状况渐渐变差，有时我听到她和爸爸争吵，她连话都说不完整。

我不知道该如何评判妈妈的种种表现，以及它们是否在正常范围内，但爸爸的反应预示着一切。"不要着急，先冷静。""已经没有别的办法了，你这样又有什么用呢？""你总是太容易被别人影响。"爸爸永远是他们两个人中看起来正确的那个,他处事不惊、尚存理性、可以依赖。

可这次爸爸话里透露出的严重性让我害怕了,不是指妈妈会害了我,而是指他要带我走。我不明白事情怎么就闹到了这种程度,原来妈妈忘记给我买盒饭是那么可怕的罪行。他是不是想说,如果妈妈一直忘记我,我会活活饿死?这么一想的确有点可怕。

妈妈辩解:"她会照顾自己。"

她是指我总能自己找到些吃的,甚至会用电饭锅煮饭。她确实告诉我备用的食物大概都放在哪里,而只要踩上凳子就能淘米煮饭。

这样一想,我确实能把自己照顾好。

所以这次,我不会再哭了,尤其不会在爸爸面前哭,免得他又说要带我走。

从什么时候开始呢?我发现我的眼泪不只是眼泪,还是一种助燃剂,它会点燃一些看不见的危险物质,让本来还能维系的关系随时有破裂的风险,一触即发。

谁在乎呢?爸爸可以带我离开,妈妈可以继续一门心思扑在哥哥身上,哥哥有他自己的小世界,除了我,谁在乎这个家的和平?只有我需要这个家的和平，哪怕只是表面的和平。

想清楚了这点，我决定不再随便哭。哭，也许是孩子最厉害的武器，它是一种倾诉，一种埋怨，更是一种索取——请看到我的伤心，并抚慰我的伤心——向妈妈索取吧，因为她是最牢靠的人，她会无条件地包容。

可是很显然，出于一些解释不清的原因，我的妈妈有时会全面失去这种能力，我只能认为有太多嘈杂的声音在烦扰她的心——当没有那些嘈杂的声音时，她会笑，很温柔，很有耐心——她总是被击败。

在她被击败的时候，她顾不上我。不管我用眼泪还是别的什么去索取，都注定没有结果，只是一次次验证事实，徒增她作为妈妈的愧疚罢了。这些我当时还不懂，但我告诉自己：你怎么能跟一个自己都忘记了吃饭的人抱怨肚子饿？她连自己都忘记了。

饿一顿并不会怎么样，被忘记也只是一时的，事情没有糟糕到那个地步。她并不是坏人，也不是故意要惩罚我。等到妈妈缓过劲儿来，处理完她必须优先处理的那些事，她会想起我来，满足我所有的要求。

只要我认真观察，就能通过蛛丝马迹辨别出

来，她能应对我的时候，和不能应对我的时候。

选择她能应对我的时候出现在她身边，适时的哭闹会让她感觉自己有用武之地。当她自顾不暇的时候，我就安静地等在一边；自己能做的事情尽量自己做，不要浪费宝贵的和妈妈相处的时间；真正要紧的事提前准备，不然到最后就真的来不及了，出丑的只会是自己；不要指望妈妈会记得，但如果她记得的话，我要表现得很惊喜；听妈妈的抱怨，但绝对不要向爸爸或其他人转述，因为我不知道哪里会是雷区；如果妈妈当天早上没有认真梳头，我就要警觉了，但如果她当天早上特别精心打扮，也要警觉，晚上她可能加倍失落，跌落谷底；多备一些耐放的零食，以防万一，总没有坏处。

这就是我还是个孩子时养成的特殊天赋，安静、独立、善于观察。在观察中我摸熟了该如何和妈妈相处才能尽可能和平。

孩子的身体是那么柔软，能以大人难以想象的姿势钻进小小的洞穴。孩子的心灵也是如此，为了适应环境能轻易变形。

后来我在空岛钓到第一条鱼，鮴鱼。哥哥说它眼睛奇大是因为始终在观察四周，是鱼类里视力最好的，这样可以保护弱小的自己，我仿佛看到了自己。我从书店买来鱼类图鉴，剪下书中角落里的鮴鱼的照片贴在书桌前。邻居姐姐有一次来我房间里玩,她不认得这是哪种鱼,却留下了精辟的总结:畸形。

它努力地看着一切,眼珠子都要从眼眶里蹦出来了,我怀疑它唯一看不清的是自己。

二

　　印象中我绞尽脑汁想办法用语言伤害一个人，只有对鹃那次。那些对我恶作剧的人，浑身散发恶意的人，我不在意，因为他们从未和我亲近过，他们碰不到我。但鹃不一样，她站在离我很近的地方，甚至真心地给我出主意，却给了我重重的一击，让我绝望。

　　我指的不光是她建议我和哥哥划清界限的事，或者说，那件事只是一个幌子。

　　引起我注意的首先是鹃对她妈妈的抱怨。

　　"我真是受不了了，她什么事都要跟我反着来。那个家我真的不想待了，到什么时候才能一个人住？有时候我真想半夜跑掉算了，去别的地方，再也不回来了。"鹃说她妈妈控制欲很强,让她发疯。

那时我们都在青春期,抱怨这些并不稀奇。引起我注意的其实是她接下来的话:"她说如果我不听她的话,她就把我关起来,不给我饭吃!你能相信吗?她以为我不懂吗?她不能侵犯我的基本权利。只要我还没成年,她必须得对我尽义务,不然……"

我屏气凝神等着她后面的话。

"不然我就告诉别人。"鹃有点得意地说。

"然后呢?"

鹃耸耸肩,表示她也不知道具体会怎么样,但她妈妈会受到惩罚,不敢再刁难她。

"你妈妈会逼你穿你不喜欢的衣服吗?昨天你看到我穿的那件套头衫了吗?多丑啊,她非逼我穿。连我外婆都不会穿那种土气的东西,领口卡得我都喘不过气。"她又说。

"啊,她不会逼我穿我不喜欢的。我的衣服都是自己选的。"

"真羡慕你啊。"

我尽量掩饰开心的神情,又附和了她几句。原来每个女儿都会抱怨自己的妈妈,人无完人嘛,我早点想到这一点的话,说不定能轻松很多。

渐渐地，只要鹃提到她那个专制又强悍的妈妈，我就会在旁边煽风点火。"不会吧！""是不是有点太过头啦。""这话说得让人伤心啊，我理解你。""我妈妈？她不限制我这些呢。"同时感觉心情舒畅——有些地方，她妈妈做得更过分，我妈妈不是最差的。

最严重的一次，她穿着睡衣哭着跑到我家来，说她妈妈打了她一巴掌。

"就在这边，你看，是不是留下血印了？我现在脸还是麻的。"鹃仰起左边脸，手指放在靠近耳朵的地方。

我努力辨认那一片粉红里是否留下了手指印，却始终找不到一个说得过去的雏形。几分钟后，当我冷静下来时又发现了另一个让人失望的事实：她的右边脸蛋也是粉红的，脸颊粉红只是因为她情绪太激动了。

事情以爸爸和我送鹃回家收尾。我看着她走进自己家门，手里拿着从我家带走的冰淇淋，甚至还笑着对我们挥了挥手。她就这样跑出家门，又笑嘻嘻跑回去，不知道她妈妈会多生气。她真是搞不清情况啊，我简直立即为她担忧起来。

"她会不会被打得更狠？"回家路上，我忍不住问爸爸。

"不会的。"

"你怎么知道呢？最近她妈妈好像很不正常，暴力，摔东西。"我回想起鹃的抱怨。

"我听说她妈妈刚换了工作，可能是压力很大吧。"爸爸显然没把我的担忧当真。真想和他说说鹃的妈妈那些过分的话，那样他就会明白事情的严重性了吧？可出于某种说不清的原因，我什么也没有说。

那一夜我躺在床上很久都睡不着，一直竖着耳朵听门口的动静：鹃会不会又哭着跑回来？这次她可能被打了两个耳光，一边一个。或者更惨，她没来，因为她被关起来了，还没有饭吃。就在这样刻薄的想象中，我迎来了第二天。而第二天上学，和以往没有两样。

什么事都没有发生。我拐弯抹角地问她回家后的情形，鹃只说没什么特别的，她吃完冰淇淋就睡觉了。

我怀着隐秘的、失望的心情，听完了鹃的一如往常的抱怨。她当天晚些时候，再一次说起要离开家、自由自在生活那套时，突然不知道哪来的勇气，我和她说，我也不想再这样生活下去了。只是说出这句话，我就感觉全身的力气都消失了。

"可你妈妈不是很好吗？她还有份了不起的

工作,是不是?我听妈妈说的。"鹃有点惊讶,也难怪,这是我第一次跟别人暴露家里的秘密。

"可是她很……忙。"我很紧张,想了半天才憋出这一句话。

"我妈妈也一样。每天都不知道在忙什么,如果真的很忙就不要管我最好,可她偏要管……"又来了。

"要不然我们一起离开这里吧。"我只是顺着她的话说下去。她一直以来的抱怨,都透露着这个意思。

鹃愣了一下,立即答应了。我们一拍即合,逃了课,坐在操场一角,一起畅想未来——一个更大的城市,我们有自己的容身之地,谁也管不了我们,我们可以做力所能及的工作,直到我们成年,一切都会顺利……现在想起这些,我忍不住笑出声,那个未来不消说根本不值得推敲,它连计划都算不上,处处都和现实相差十万八千里,这一点只要抬起一只脚迈出第一步后就能发现。但当时我们,至少是我,是认真的。

我们计划了离开的路线,约好了离开的日子。

一周后,我们带着所有的零花钱,把背包里装满吃的,在学校门口见面。那天和其他上学的日子没有任何区别,我们瞒过了各自的家长,但我们没有进学校,而是一起去了长途车站。

车站人声鼎沸,我们手拉着手,避免走失。我记得自己怀着激动的心情,想拨开人群,找到售票窗口。我告诉自己镇定,仔细看各种标识,不要看错了。

我确定我们找到了正确的窗口,排队的时候却有一个阿姨叫住了我们。

"你们多大了?"穿着制服的阿姨问我们。

"我们要去看姨妈。"鹃被吓呆了,我还拼了命撒了个谎。

"初中生?家长知道吗?"阿姨边说边举起了对讲器,"来这里确认一下。"

在大人面前,孩子是多么透明,多么好懂啊。就这样,我的初次离家尝试以失败告终,我用尽力气去掩饰,却连张车票都没买成,就结束了。

接下来,有人来指引我们该往哪儿走,在哪儿坐下。我们除了"好的""谢谢",别的什么都说不出来。

隔着玻璃窗,我看到他们在打电话,应该是给我们的家长打电话。我和鹃耷拉着脑袋,静静地坐在车站事务所的隔间里等待。

"这下好了,她非打我一顿不可。"鹃听起来都要哭了,我知道她指的是她妈妈。

"对不起……"我道歉是因为知道自己不会挨打——我家里没人会打人——却要害她挨打。我对她满是同情。

我们都沉默了。

风扇转出一阵阵温热的风,把一小撮头发不停吹到我脸上,我用手拨开,它又黏过来,重复这个动作让我感觉烦躁。就这样等了大概半小时,门被推开了,是鹃的妈妈。

我当然见过鹃的妈妈,无论是她刚下班来学校接她的时候,还是我去她家玩的时候——我想说的是我见过平时状态下的鹃的妈妈——但从没见过她那天的样子:六神无主,头发蓬乱。她一进来,鹃就冲上去,抱住她的脖子呜呜呜地哭起来。

我愣在那里,感觉自己和车站工作人员融为了一体:我们是多余的。或者说,她们根本就没看到我们,这个场景的主角是鹃和她妈妈。

有一瞬间,我以为她妈妈马上就会狠狠打她一顿。她妈妈不是因为一点小事打过她巴掌吗?那么这次我们惹的大祸肯定要让鹃好受了,鹃自己也这么说。等她妈妈冷静下来,就会发怒。到时候我该怎么阻止她妈妈?"阿姨,别打她,是我的主意。""阿姨,对不起。我们不会再这样了。""阿姨,让您担心了。"先说哪句比较好?

可她们只是拥抱在一起,哭着呼唤着对方,哪怕对方就贴在自己身边。"受伤了吗?呜呜呜……""妈妈,呜呜呜……""呜呜呜……"分不出谁是谁的呜咽中,夹杂着我的心跳声,怦、怦、怦。一秒又一秒过去,没有人发怒,我的台词没有用武之地,砰、砰、砰。

我这才意识到,这个舞台上我并不是多余的,甚至我是最主要的,一个呆呆地看着她们的、落单的孩子。没有我,怎么能凸显出鹃的幸福?她惹了那么大麻烦,却没有被责怪,只有紧紧的拥抱。她妈妈接到电话没来得及梳妆打扮就赶来了,就像是曾经失去了她那样激动,可她们只分开了不到十二个小时。

没人看到我。她们就那样相拥着离开了我的视线,头都没有回。她们黏在一起,仿佛世界上只有她们两人。

我低下头盯着自己的鞋,发现鹃留下的背包还在我脚边,她没带走。

我把那个背包拿起来的瞬间,就明白了一切:它轻得过分了。拉开拉链,里面空空的,我们约好要准备食物的。事情再明显不过,鹃并不是真的想要离开,所以她没有带任何食物,她的计划就是到此为止。

我也终于明白了，比起口口声声说要离开家的鹃，真正想要离开家的是在背包里装满了食物的我，忧心如何渡过难关的我。

我不能再想下去了，因为再想下去我就要哭出来了——我在心里警告自己，不许哭，至少不许在这个陌生的事务所里哭，不许向陌生人暴露我的软弱。更重要的是，当妈妈来接我时，她有一定的概率会被我的眼泪吓到，因为我很少在她面前哭——我强迫自己分散注意力，看看平时没有机会看的车站事务所里贴的海报，他们的制服细节，他们是如何称呼彼此的，还有玻璃窗上的裂痕……我好像把自己从那个场景里摘除了，看的也是与自己无关的画面。

不知道一个人等了多久，爸爸来了。他风尘仆仆，有些怨我给他找了麻烦，只不过没有明说。

"下次别这样了。你们要去哪？好，回家再说。我今天很忙。"爸爸说。

"妈妈呢？"我报给车站职员的电话号码，明明是妈妈的。

"唉……还不是那些事。你知道的，她来不了，打给我，让我来。"爸爸一边在纸上签字，一边抓起我的背包，"你怎么带那么多吃的？"

我知道爸爸说的是什么事，讲座、会面、评

估,或者是哥哥恰好在这个时候惹了事,她必须去处理。

还有一种可能,在我的心里慢慢变大、变沉重——

哪怕今天我真的买好了票、坐上了车,到了别的地方开始了新生活,妈妈也不会来找我,因为她忘记了我这个人。

鹃对我们失败的出走很淡然,在很多个不同的场合她会跟别人夸夸其谈这件事。"珍很镇定,还撒谎骗车站的人。""我们的计划太幼稚了,一开始就应该避开车站这种地方。""我妈吓坏了,接到电话就跑来了,还穿着睡衣。""让她知道我是真的会走,看她还敢不敢那么对我。"

每次提到这件事,我都装作没听到,尽快开启下一个话题。

"珍的妈妈好厉害,好像是看穿我们不会跑一样,特别冷静。"在众人好奇的目光里鹃转向我,"听说你妈妈到最后都没有露面。"

"小孩子过家家嘛。"别人都看着我,我只好硬着头皮说下去。

"所以说,厉害!不像我妈妈,接到个电话就慌慌张张的,哈哈。"

大家都笑了。

我相信鹃没有恶意，但我希望她别再说出走的事了。她每说一次，就让我想起一次风扇不停把一小撮头发吹到我脸上的瘙痒感，以及等待时我有目的却无意义的观察——我简直把整个事务所的样子刻在了脑海里。

还有背叛。

她根本不知道，发现想要出走的那个人是我自己，并且只有我自己时我的震惊。她和她妈妈之间的那种感情，不管是什么，都是我没有的。

很久以来，我幻想我们是同一个病房的两个病友，她向我倾诉的那些，正是我也感受得到的那些，我们同病相怜。可事实证明了我们之间的真相，就好像一个皮外伤患者，来到一个骨折患者面前说，我好疼啊。后者竟然相信她们的处境相似，直到前者很快蹦蹦跳跳出院了才醒悟：她说的"疼"和我感受到的"疼"原来不是一回事，她娇气而天真，随时都能出院，而我将被困在这里很久很久。

被捉弄的感觉、嫉妒，更多的是绝望，汇成了一种奇怪的恨意——那之后的几十年里，我没对任何一个人有过那样复杂的恨意——我决定要在时机恰当的时候伤害她。最坏的结果，哪怕她离我而去，我也要保证她没有力气再管我的事。

我想了一些自认为恶毒的话,都被自己一一否决了——还不够,继续想——最终我说出那句:"你知道怎么讨好别人。"那的确是我能想到的最无情的指责,事实证明,颇有成效,鹃的表情说明了一切。

我成功地用语言伤害了别人的心。这件事给我的启发就是:你想知道什么最伤人,就想想什么最伤你自己。同理,嘲笑别人容貌的人很可能是对自己的容貌有过自卑情结,而怪别人唯唯诺诺耽误了事的人,很可能也最恨自己性格里的这一点。

会讨好别人的根本不是鹃,而是我自己。

我观察学校小团伙里谁是主角,谁是跑腿,而自己能胜任什么样的角色,给谁什么好处。只要搞清楚这些,应该讨好谁,可以无视谁,难道不是再明了不过的事吗?

对我来说,重要的是不留存别人和我一样的幻想。吸取鹃的教训,只要不认为别人和我同病相怜,就能做到不对人失望。而和我有距离的人,哪怕对我再多恶意,欺负我再凶,也伤不到我。

就让我说出那个可悲的事实吧:我有关系要好的伙伴,但没有真正的朋友。

三

哥哥终于走了。

家里突然变得异常安静。我期待着妈妈能迅速把所有的注意力都转移到我身上,可事情似乎比以前更糟,有几次她失神地坐着,一直到天黑也不知道开灯。

"妈妈,你在想什么?"有一次,我觉得她心情并不算太差,就试探着问她。

"我在想去空岛看哥哥的时候,要给他带什么呢?"妈妈认真地回答。

"空岛不是什么都有吗?"

"可那终究不是家……"她没有说完,好像是意识到说错了话,立马把话题岔开了。

"那你想要他回来吗?"

"不，不。那里好。"妈妈又急忙说。

我有些烦躁，这才懂爸爸的话。他说过，妈妈的情绪不稳定，想法变化快，不够理性。明明是妈妈一门心思要把哥哥送去空岛，可真通过了评估后她又反悔，中间生了很多枝节，让人搞不懂。

"这不是你一个人的事。这个名额要申请，就要通过几方的评估，评估结束，也不能轻易说不去了，这牵涉到很多人。如今既然去了，就不要再后悔。"爸爸说得很有道理。去还是不去，选择总要做一个，也已经做了。

可我有种明显的感觉，妈妈的问题在于，她无法做出选择，或者说，她认为哪个选择都不对。哥哥离开后，她和爸爸之间的分歧反而比以前还大。在他们之间，首先无法承受的那个人是我，必须想办法解决自己的问题的人也是我。

他们会因为一些意想不到的事争论起来，谁也不放过谁，眼神就像是对仇人。

"他喜欢吃这个，不知道在那里吃不吃得到。"有一次，妈妈在饭桌上自言自语起来。

和往常一样，我当作没听到。

爸爸说了一句："肯定都有，空岛伙食不错的。"这时他还愿意心平气和。

"你知道他喜欢吃什么？"妈妈用尖厉的声音

反驳道。她就是这样的,有时候,她想要指责一个人,谁都行,谁搭腔她指责谁。我明白这点,所以我从不搭腔。

从爸爸的表情来看,他很意外这话题竟然还有后续,但他立即摆出了一副不会输的防御姿态:"什么意思?"

"字面意思。"这是谎话了,她的阴阳怪气已经说明她开始不正常了。

"那我也用字面意思回答你:我知道他喜欢吃什么,他也是我儿子。"爸爸放下了筷子。

"你知道的不过是我告诉你的罢了,青豆、面、茄子,对不对?下雨的时候他要吃蘑菇,因为一本图画书上写着蘑菇可以变成伞……再热的天他也不敢吃冰淇淋,因为有次在外面冰淇淋化掉弄脏了裤子……这些你也知道?"妈妈带着不屑的表情看着我们,好像我们就快输了,"他不会告诉爸爸这些,因为爸爸肯定会说,这不对,那不对!必须这样做,必须那样做!"

"我只是教他。"我盯着爸爸的脸,知道他的句子越短,事情就会越严重。

"教他什么呢?不要扔盘子,见人要打招呼,鞋子别穿反,然后怪他怎么连这些都做不好?就这些吗?这只会让他痛苦!"妈妈的眼睛红红的,她马上就要爆发了。

爸爸把桌子推开,站起身来。

桌上的碗离我很远,我没法再继续假装吃饭,只好盯着正和我的手一起颤抖的筷子。集中注意力,别走神,现在我要你看清这双筷子,我告诉自己,看这双筷子,别想其他的。筷子是暗红色,有三处很细小的掉漆;筷子尖磨出了一些白色的屑,还留着刚刚被咬过的痕迹;两支木棒各自有些变形,凑在一起有一个微妙的弧度,不能完全贴合。

那是我第一次有意识地,想要冻结住自己。我想象自己被厚厚的冰块一层层包裹起来,对外界的温度、声音,甚至亮度的感知都被极大地削弱,我勒令自己在真空中停止思考,希望自己除了自己的指示之外,什么都感受不到。

"又来了。'你不该放弃他。'是不是又要说这个?讲座、治疗,有可能有帮助!又是一个绝好的机会,给我们的儿子一个天堂一样的环境,再没人会欺负他,也再没人会看扁我们。抓住那个机会!别放弃他!"我隐约听到爸爸的声音,但那些语句对我来说没有任何含义,我不懂他在说什么,看来我的冻结快要成功了。"放弃他的人是你,是你不相信他能像别人一样正常生活。"爸爸轻轻留下这句话离开了,本来我对他的话什么都感觉不到,只

223

是看着他的上下嘴唇一张一合，直到妈妈的眼泪把包裹我的冰块融化了。

第一次冻结，我失败了。吸取教训，以后，要更厚更厚的冰块，要包裹更多层才行。

第二次冻结，我用自己做了个实验。

那段时间妈妈心情似乎很好，我们定期去空岛看哥哥，亲眼所见的空岛的环境让她放心多了。她会出席我的学校活动，还会给我做便当。她似乎接受了这样的生活，有一次我还听到她和别人聊到："我的儿子在空岛住，女儿在家。"她把空岛说得像个寄宿学校。

有天她兴高采烈地和我宣布：我们要搬家了。

我非常意外，虽然在此之前我们也搬过两次家，为了哥哥。一次是因为妈妈认为一个小区自然环境好，另外一次是听说某个小学对哥哥这样的人友好。但现在哥哥已经不在家了，我们还有什么理由搬家？

妈妈说，她想搬到离港口更近的地方，方便坐船去空岛。她说这是她考虑了一段时间后的结果，如果住在离港口近的地方，她就能送我去学校后，坐船去空岛，白天去看哥哥，晚上回家给我做饭。她觉得这样能节省不少时间，一天同时照顾我们两个人。

也许她说得没错,但仅仅是因为这个理由,我就要放弃刚融入的小圈子,重新做一回转校生?这不是轻松的事。我曾经用转校生这个身份故意伤害过鹃,但讽刺的是,我又比她好到哪里去?收拾东西,告别旧伙伴,来到一个陌生的学校,重新参观校舍,站在讲台上再说一遍我是谁,其实我也说不清自己是谁。被数不清的人用防备的眼神看着,不安定的感觉伴随全身,这还不是最困难的部分。最让人难以忍受的是:我必须接受,接受这一切只是为了妈妈去空岛交通方便。

对这些可以称得上对自己影响颇大的事情,我没有发言权,只是跟着走而已。这足以证明我无关紧要,我能做的不过如此,不要添麻烦,迅速移动。

低落了几天后,我在某本讲恋爱关系的书上看到了一段话,原文已经忘记了,大意是:不开口诉说自己的需求,对方又怎么会知道呢?这段话给了我很大安慰,我反省自己是不是自我压抑太多,把诉求说得太少,而事实上妈妈根本不知道我的想法。

于是,我决定尝试和妈妈提出不愿意搬家的想法,为自己争取一次。

退一步说,如果她说一些我不想听的话,我就顺便练习把自己冻结。

"妈妈，我不想搬家。我在这过得很好，不想再当转校生了。"我尽可能大声地说出了自己的诉求。

"转校生，很难，是不是？"妈妈的声音很轻柔。

"嗯。"我本来想否认，但又想到这次对话的目的就是为了说出自己的真实想法，还是承认了。

"你想想哥哥。"妈妈循循善诱。其实在这时候，我就应该把自己冻结。当时的我还是太稚嫩了，毕竟还只是第二次练习冻结。

我心存侥幸，觉得还没到该做判断的时候，应该再听几句，于是我任由自己打开心扉听下去：哥哥刚到一个新地方，人生地不熟。你去了一个新环境，晚上回家还有我们，哥哥晚上也是自己一个人。你不觉得我们应该为他做点什么吗？哪怕能搬得离他近一点点。

她的话内容丰富，指向性强，切中我心。我一点点品味、理解她的话，全身生出一种燥热的情绪——我被她的话触动了，又羞又愧。这个结果也说明我的冻结实验又失败了。如果冻结成功，我应该什么都感觉不到，能义正词严地重复自己的诉求，直到她妥协为止。

这次是时机问题，下次不能再那么心存侥幸

了，只要感觉到一点征兆，就必须毫不留情地冻结自己，我想。

妈妈不知道我的实验，她只是沉浸在自己的世界里，尽管不知道具体是什么处境，但无疑哥哥的处境比我难很多倍。而我不懂理解哥哥的难处，没有尽自己作为家庭一分子的义务，我让她失望。现在结果很明了了，我不仅要再当一次转校生，还要正视自己暴露出来的错误想法，以后不能再犯。

很多年后，我怪妈妈当时对我太苛刻。她善于激发我的愧疚之心，哪怕我作为一个孩子已经愧疚得够多了。

"我甚至希望自己不存在，你却还想要我更愧疚。"我伤心地说了实情，她却笑着说："你想要我道歉？对不起。"

"你笑什么？"我忍不住怒火中烧，她是在嘲笑我吗？

"我笑，是因为你一字不差地说出了我现在的心里话：我甚至希望自己不存在，你却还想要我更愧疚。你为什么不帮我把管子拔了？"

她全身插满了管子，我是唯一一个有权利拔掉那些管子的人，可我做不到。

不管怎么说，熟能生巧，经过多次练习，在我即将满十八岁的那年，冻结自己这项技能有了新的进步。

我能准确地辨别即将充满火药味的现场，并在任何情况下迅速冻结自己，事不关己高高挂起。就算爸爸和妈妈说出天下最可怕的字眼——这点从他们彼此的脸上能略知一二，火力又升级了——我都不会再颤抖了，颤抖是软弱的表现。我只是盯着自己的手，看着那一条条纹路和线状，暗暗发誓，等我一成年就要离开。我时常有一种感觉，自己在慢慢变得强硬。这不是一种形容，甚至不是一种想象，而是一种实实在在的感觉：我的胸口有一种沉重的东西在升起，我的身体变得轻盈，正在离开此处。每次感到难过之后，我就变得更强硬，下次绝不会因为同等量级的事情而难过。

四

空岛7年，我二十岁，我终于开始了一个人的生活。我的背包里再次装满东西，但这次我告诉自己，最重要的事情只能一个人去做。

我逃离了家，那个早已名存实亡的地方。爸爸和妈妈在我十五岁那年分开，那之后家里只剩下了我和妈妈。

其实家里经常只有我一个人，妈妈总是不在家。

妈妈辞了工作，加入了一个不知名的公益组织。我怀疑那个组织最终只是为了骗钱，但妈妈根本听不进我的话。哥哥走了，好像把她的一部分也永远带走了，她奔波在岛和陆地之间，变老、变孤僻。

我们生疏得像是住在同一个房檐下的房客。我不需要她为我做什么，因为我能一个人做好一切，包括离开的准备。等到我离开家的那天，她也只是象征性地跟我挥挥手，在备忘录上记下了我的新地址。

"下个周末我去空岛，你去吗？"在我就要出门的时候，她竟然说了这么一句无关紧要的话。我不是出门去隔壁公园或小卖部，我是离开家，带着决绝的心情。而她显然不知道这点，她不知道得太多了。爸爸离开的时候，邻居窃窃私语的时候，她似乎什么都不知道。曾经她有一份热爱的工作，每天都很忙，有很多朋友，擅长和人相处，现在她只是一个行动和思考都变得迟缓的中年人。一瞬间，我为她感到悲哀。

我假装没听到，重重地把门在身后关上，把妈妈一个人留在了里面。

一个人生活并不难，何况我早就熟练掌握了给自己做饭的技能、给自己整理衣服的技能。一个人生活对我来说自由自在。

我找到一份装盒饭的工作，说来也巧，在专供S区的盒饭工厂。因为空岛的事，我对S区略有了解，知道那里是全国税收水平最高的地区，住着各行各业的精英。S区的人吃的盒饭是什么样的？和我们平时吃的有什么区别？我很好奇。

在工厂第一次见到盒饭的成品时，我大吃一惊。蔬菜颜色不够鲜绿，西红柿也不够鲜红，没有整齐的摆盘，小小的烤土豆大小不一——这真的不是失败品吗？我问负责指导我的前辈。

"你和我刚来的时候一样，不敢相信对吧？"前辈像是回忆起自己刚来时的样子，忍不住笑了，"要是我告诉你，这里的每份盒饭，价格是我们平时吃的盒饭的五倍，你怎么想？"

"不可能。"我斩钉截铁地说。我的盒饭里蔬菜是鲜绿色的，西红柿是鲜红色的，摆盘整齐，切块大小统一，怎么可能价格还不及这里的盒饭的五分之一？

"你想想，什么最贵？"

"人工。"我毫不犹豫地回答。说出口的那一刻我也立即明白了，这里的盒饭全是人工做的。

"我们的盒饭，颜色鲜艳的蔬菜，大小整齐划一的土豆，包括装盒饭的过程，都是机器做的，是严格流程化、标准化的成果，机器的成本最便宜。这里的盒饭不一样，从栽种，到烹制，到装盒，都是人工一点点完成的，要的就是参差不齐——可以叫参差不齐吧，参差不齐就是使用人工的标志，因为人做不到机器那样千篇一律。换个说法,每份独一无二,奢侈得很,只有S区的人才消费得起。"前辈继续解释道,"人的温度,听说过吧?"

我点点头。"人的温度"是高明的文学家想出的概念,一被推广立即引发社会讨论热潮,人们开始反思,生活中被机器和电脑控制的因素已经太多,标准划一的东西固然便利、安心,但偶尔返璞归真,使用一些稀缺的人工服务也有特别的乐趣,稀缺带来的高价位也更能彰显高贵。

各行各业都在进行这种应用:商务酒店的前台和清扫是机器人,高级酒店是人工接待和服务。公立小学用电子产品进行教学,而学费昂贵的私立小学还有老师的存在。总之,平价的地方多是靠机器运转,高效、精确、要多少有多少,高贵的地方重金用人,追求细致的差别化体验。

当我面试盒饭工厂的工作时,面试官刚和我说了几句话就让我来上班。"二十岁!"他啧啧称奇,说这样的人才他不会错过。

"机器我们不缺,再贵的都有,一次性投资嘛,我们缺的是人。"他坦率地告诉我,"看到你能走能说话,是个真人,我就放心了。你知道我们的盒饭,最大的卖点就是全人工,无机器,'人的温度',这点绝不作假。"

很快，我就开始了正式的工作：在可降解的塑料饭盒里依次装入米饭、主菜、副菜和小菜，盖上饭盒盖，完成。我可以坐着，工厂里不冷不热，还有自由的午餐休息时间，没有加班，最重要的是工资很不错，完全能覆盖我的生活开销。事实上，我进工厂没过半年，社会上又有人乘胜追击，说有研究表明人手的温度能让食物变得更好吃，这可是冷冰冰的机器做不到的。这种说法一出来后，我的工资又涨了一倍。

我的前辈工资涨得一定比我多，毕竟他还负责新人教育。他站在我身后看我装盒饭时指点我："故意把某种东西放多一点或少一点，或者故意把食材摆歪一点才好。只有这样，我们装的盒饭才能和机器摆放的有所区别。毕竟S区人花五倍价钱，就是为了这种小众体验。"在他的指点下我很快上手，做得又快又好，还得到了工厂的特别奖金。

当时我的工资很高，经济独立后我和家里的关系又远了一些，联系仅限于重大节日。偶尔，爸爸会单独来我的住所，和我一起吃个晚餐，他总会解释妈妈也很想来，但很忙走不开，类似这种又假又空的话。

首先，他早和妈妈没有关系了，他已有了新家庭，还有一对双胞胎女儿。

其次，妈妈肯定不是想来却走不开，这我比谁都清楚。

我听着他善意的谎言，不忍心拆穿他，还附和说我也是，太忙走不开，不然会回去看你们的。

我们就这样用假话敷衍着彼此，礼节性地尽着为人父和为人女的责任，假装其他事都不存在。他好像已经忘记他和妈妈对彼此宣泄恨意，剑拔弩张的那段时间，但我还记得那些冻结自己的失败经验。

有一次我心血来潮，问他老来得子感觉如何。他顿了一下，才明白我说的是那一对双胞胎妹妹。

接着，我看到他在这个话题上掩藏不住的笑意。

"她们虽然是双胞胎，但个性完全不同。一个很喜欢吃奶酪，另外一个最讨厌吃奶酪。我现在每天都锻炼身体，不想在她们跑起来的时候跟不上。"说完这最后一句，他不好意思地笑了。我也笑了，在他回答这个问题之前我就冻结住了自己。

"我知道你忙，有时间回家看看。"临走之前，爸爸说。

"哪个家？你的家？妈妈的家？"我脱口而出。看着比记忆中老很多的爸爸慢慢低下头去，我心生一丝不忍："我知道了。"

我跟他摆摆手,看他把车子开出我家的停车场,看他像逃一样,向他的幸福生活急速驶去。

一个月后,我时隔两年第一次回家了。当然是离港口近的,那个有妈妈的家。

之所以会在那个时候回家,并非我自发决定,而是因为爸爸再次来电,告诉我妈妈生病了,需要人照顾。

两年前,我重重关上的门没有锁,我喊了声妈妈走了进去。

玄关堆着几双破旧的运动鞋,后跟都被踩平了。客厅里的摆设很简单,一些装饰柜不见了,只留下最基本的沙发和茶几。空气里散发着一股陈旧的气味。我继续往里屋走,看到卧室床上被子隆起。

"妈妈?"

"你回来了?"妈妈把被子往下拉了拉,好让我看到她的脸。像是怕光似的,她微闭着眼睛。

"你怎么样?饭吃了吗?"

"带状疱疹。疼,不过吃药就能好。"她仍然没有睁开眼睛看我。

我在厨房里找了半天,用罐头和仅剩的冷冻蔬菜做了两碗汤,又蒸了一锅米饭。妈妈已经在客厅打开了电视机,家里有了些声音,看上去不那么冷清了。

"听你爸爸说，你工作挺好，住的地方也不错。"吃饭的时候妈妈说。

"多亏现在年轻人少，只要是个活蹦乱跳的人，就能找到挺好的工作。"

"什么叫多亏？这是很严重的事，不要开玩笑。"妈妈指着电视机，"昨天电视上还在演算，每年人口只减不增，多少年后我们会灭绝。你猜是多少年？"

"没兴趣。越快越好吧。"说实话，当爸爸在电话里说妈妈生病时我还紧张了一下，如果早告诉我是带状疱疹，我可能都不会回来。

一阵沉默。

"我想把这个房子卖了，换个小一点的。"妈妈突然说。

"你需要钱吗？"

"不用。"

"我都工作了，如果你需要钱……"

没等我说完，妈妈就坚定地说："我不要钱，你也不要把时间都放在工作上。"

"那放在哪？"我反问她。

"交交朋友，参加些活动，我们组织最近也有活动，你可以来参加，当志愿者。"

"有钱拿吗？"

"就是说，不是为了钱……"

这回轮到我打断她："可我需要钱，交房租，吃饭，一个人的花销。难道要我提醒你吗？我的生活里没有免费的食物和商品，跟绝大部分人一样，我得工作才能活下去。"看着妈妈逐渐黯淡下去的表情，我又补上一句："我又不住在空岛。"

说完这句，我知道一切都结束了。果然，直到我把碗里的米饭倒进垃圾桶，又坐在沙发上看她收拾好碗碟，我们都没再说一句话。

我看着时钟，等到在邻居看来，我在这里逗留的时间已经够吃完一顿饭之后，打开大门走了。那时，她已经回卧室去了。

我们从不吵架——她尽可以向周围的人炫耀她有一个多么省心的女儿，安静、有工作、独立，这些都是事实。另一个我们都心照不宣，但谁也不知道的事实是，我们擅长用别人不理解的语言来刺痛彼此。一些看起来无害、中庸的字面意思里，包着针、带着刺。

我把背包扔进汽车后座，那个包里装着洗漱用品和一套换洗衣服——我本打算住一晚再回家的——现在没用了。

车子驶上高速公路时，路灯正一排排亮起来，像是为我铺开了光明大道。

我原本计划问她的那些话："你这两年怎么样？""别被那种奇怪的组织骗了钱。""你为什么不打电话给我？"一句也没说出口。

我开了那么久车回来，本想好好陪陪她，和她聊聊家常，但事实证明，我们一见到彼此，只会再次互相伤害罢了，哪怕是在短短的一顿饭的时间里，哪怕是在她被带状疱疹折磨的时候，我们都无法停止。

"原谅她吧，事已至此，她不对劲儿，对她好一点。"我来之前，爸爸在电话的最后小声说道。

"我知道了，我会的。"我答应他。

我何尝不知道妈妈出了问题，不管是她对自己身心的怠慢，还是参加的一系列可疑活动，以及与之相关的不合理支出，都是证明。她像是一台出了故障的机器，这个事实任谁都看得出来，但没人能说得清她身上到底发生了什么。因为我们不在场，不管是爸爸、哥哥，还是我，我们各有各的生活，都不在场。在那个离港口很近的家里，她是如何度过每一天的？吸引她的组织，到底是打着什么幌子？多年奔波，承担照顾我和哥哥两个人的任务，在她的身体里落下了病根吗？这些事，我不愿意去想,逃避了某种自己都怕的责任。

我知道这些,所以在回家之前,我告诉自己,我有责任原谅她、包容她,做个比她更成熟的人。

可就当我时隔两年再次回到她那里,和她坐在一起吃饭时我才发现,我多么需要她关切我,关切我本人,就像任何一个妈妈关切自己的女儿一样,哪怕这个女儿已经被迫过早成熟,她至少该问问我过得开不开心。

如果她问,我可能会哭着扑到她怀里,告诉她我觉得自己的工作毫无意义,我到底为什么要那么努力,就为了活下去?然后我得到抚慰,想听听她现在每天都在做什么。

可她默认我"过得挺好"。这么多年,她对我过于放心了,似乎我天生就有能力把自己照顾得很好。

在那条笔直的高速公路上连续行驶了近一个小时后,天彻底黑了,我在缓冲带停了下来。我的心跳太快,为了驾驶安全我必须这样做。

我恨自己再次心存幻想——我难道能否认这次我是带着幻想回来的吗?我幻想她已经有了足够多的独处时间,因而想清楚了过去的错事,包括对我的忽视,以及,我可以说出那个词吗?虐待。

我曾经连续两天没吃饭。我悄悄储备的零食

也吃完了，爸爸在外地出差，妈妈带着哥哥去外地看诊，没有留给我食物，也没有给我钱。他们走得急匆匆，甚至没有给我留下一张字条。当我放学回到家，看到装着哥哥病历和学校证明资料的文件夹不见了，就明白是怎么回事了。我祈祷冰箱里有点吃的，或者玄关留了点儿零钱，这得看运气，有时候有，有时候没有。那一次没有，而且那一次他们晚上也没有回家。我把冷冻室最后一根冰棍吃完后，我躺在冰箱前面的地板上睡着了。第二天醒的时候我好饿，但不敢给任何人打电话，怕引来更多麻烦，而且我觉得自己还能撑得住。最后我只打了个电话给学校，请了一天病假，因为我连站起来的力气都没有。第二天晚上妈妈和哥哥回来的时候，我正躺在沙发上睡觉。蒙眬中我感觉到她趴在我的面前，跟我说话："有人愿意接收哥哥治疗试试，太好了，这下都好了。等哥哥好了，我们就一起去游泳。你不是最喜欢游泳吗？"妈妈轻轻地把我抱到床上，我拉着她的手不让她走。莫名地，我认为挨饿两天值得换来一次任性的权利，所以我不肯松手。她笑了，躺在我身边，我很快又睡着了。

很长时间里，我忘记了这件事。两天不吃饭，并不会留下后遗症。忘记并不难，只要我不说，没人能利用这件事。

可为何我突然想起这件事?

是意外袭来的饥饿感,如此相似。一整天开车在路上,我唯一吃进去的食物是半碗没有味道的蔬菜汤。此刻,冷冻过久的蔬菜已经消化殆尽,我感觉到胃在紧缩,背不由自主地蜷了起来。渴望让我颤抖,渴望食物,渴望被关心,渴望被看到,身体和心灵,都在渴望着什么。我回来,还妄想原谅妈妈,拥抱她一下,可饥饿感让我站都站不起来。我用语言包裹的针去刺她,是因为我希望她别靠近我,别看到我的虚弱,别为我哭,她已经哭得够多了。

那年我二十二岁。

五

我希望我们能坦诚一些事，哪怕全世界都觉得我们是错的，但我们仍能互相理解。

三十岁生日，我许下了这个愿望。

灯影摇曳，丈夫紧紧搂住我，他说："生日快乐。我知道你许了什么愿——别怕，我不会说出来的，说出来就不灵了，是不是？但我想一定会顺利的。"

他做鬼脸冲我示好，我想了一下才明白，是他误解了：他知道我那阵子都在忙着教新人装便当，我想自己不适合这个角色，工作并不顺利，但无奈当时教我的前辈也退休了，实在找不到人。他指的一定是这件事。

人,到底为何能做到在深深相爱的同时心绪却相差千万里?我怀疑,就算我把那个愿望一字一句地说给丈夫听,他也能误解成别的意思,比如那个"我们"指的是我和他。他的自信和天真绝对会让他认为在我的每个生日愿望里都有他的一席之地。

我当然不会否认他,我没有任何理由伤害他的那份自信和天真,那也是我梦寐以求的天赋。

吹了蜡烛,吃了蛋糕,我略带烦躁地等着生日当天自治会那个必来的电话。丈夫了解我,一直劝我放轻松,说他们无非就是走走形式和过场,我们也只需敷衍两句就行了,当真才傻。

"如果你实在觉得讨厌,我来替你接。"丈夫自告奋勇地说。

其实我真想拜托他帮我,但想到还要问月经周期什么的,只好告诉他还是算了吧。

"我真想像你一样洒脱,见人就说'你别问了,我不准备生孩子'。"我坐在电话前一边等,一边和丈夫说。

"首先,我并不是见人就说。其次,真的被问到的话,我会反问他'关你什么事'。"丈夫煞有介事地说。

我被他逗笑了,放松了一些。

"自治会好说，装傻就行。关键是你妈妈那边，你是不是得好好跟她解释清楚？"丈夫指指堆在厨房门口的一箱果汁，"她又寄东西来了，那些'对身体好'的东西。"

那些天然的、不含任何防腐剂和稳定剂的果汁，是妈妈近一年里，孜孜不倦的催促的信使之一。"养好身体，可以考虑要孩子了。""不要再吃没有营养的东西。""多出去走走，没有坏处。"和那些健康食品一起来的，是隐含的期望，一直被我无视的期望。

早些时候，我利用丈夫的名义，委婉告诉家人我们"暂时"不准备要孩子。工作太忙，环境也不好，暂时不考虑孩子的事。

爸爸只是点点头，表示这是我和丈夫自己的决定，两个人都赞成就好。

麻烦的是妈妈，她反复追问那几个理由到底是什么意思，好像她听不懂我不愿意细谈一样。也许是上了年纪的原因，她说话比以前要直接得多，我怀疑她因此失去了几乎所有的朋友，她对人的态度有时都称不上有礼貌。愿意接近她的人很少，有一段时间围绕在她身边的都不是什么正经人，连帮她除草的小时工都找她借钱。

"工作。"我还记得妈妈在电话里沉默了几

秒,"等到你有孩子,就知道工作没那么重要。"

"如果我能有那个时候。"我漫不经心地说。

"怎么不能?"

"我得想清楚。"

"想清楚什么?"

"没什么。"

"是你丈夫的想法?"

"嗯,我也同意。"

妈妈像紧追不放的敌人,逼得人一心想逃。如果她能懂得要适度给人空间,才能得到更多,我们的对话就不会那么费力而无效。

"我去你家,跟你丈夫好好谈谈。我有你的地址,再给你带些东西,有营养的。"妈妈说完这句就挂了电话,留我一个人目瞪口呆。我得好好想想如何把撒的谎圆上,或继续撒下去——关于妈妈的一切,我都没有跟丈夫说实话。

丈夫跟他的亲人,父母,包括两个姐姐都有友好而礼貌的关系。他们偶尔会互寄明信片和甜点,打电话主要是说些俏皮话,以气氛愉快为主要任务。我只在婚礼上见过他们一次,他们从遥远的地方坐飞机赶来,负责了亲属演讲的部分。他们的演讲长度适中,轻松有趣。婚礼结束也没有过多停留，就飞回了各自来的地方。

我说着他们的语言，和他们谈笑风生，妈妈只是站在一边冷冷地看着。等到他们走后，妈妈才神秘兮兮地跟我说："我知道你为什么和他结婚，因为他不懂你。"

丈夫笑着看着我们，我给他翻译："妈妈说她很高兴，你的家人真好。"

丈夫笑得更灿烂："我们也很高兴。谢谢她这么忙还抽出时间来。"

我给妈妈翻译："可以走了。"

两家齐聚的场面仅此一回，我靠胡扯，完成了任务。不仅如此，我在不经意间多次信口开河，比如妈妈还在工作，她很享受现在的生活，以及更多更多，每次当丈夫谈起他们家的趣事，我掩饰起嫉妒的心情，表现出来的感同身受都是假的，我根本没经历过，也不懂。

我在惴惴不安中迎来了妈妈来的日子。她说要来和我的丈夫谈谈，关于生孩子的事。这么私人的事，我不知道她要怎么谈。

"这是我们之间的事。"我无力地跟她解释道。

"不，这是你的事。只要这世界上爸爸还不能生孩子，生不生就是你的事。"妈妈坚定地说。

"这是什么歪理？如果生，也是我们两个人抚养，是我们两个人的事。"

"那么，如果他走了呢？你也走？你走不了。爸爸能离开，妈妈不能，到头来还是你的事。"

我无言以对，而丈夫还带着笑脸，在等着我给他翻译我们到底在说什么。

"说吧，你想跟他谈什么？你不能强迫我们改变想法吧。"我问妈妈。

"我不管他是什么想法，我要你跟他说：'你必须尊重珍的想法。这是珍的事。'"妈妈说。

自始至终，坚持这个想法的是我。要是妈妈知道不生孩子正是我的想法，她会怎么说？这个念头一闪而过。

"好，我会跟他说。"

"你现在就跟他说，我就在这里，我要看看他怎么说。"

我木然地跟丈夫说了一句完全不相关的话，类似"她说我们的屋里装饰得不错"之类的。

"他怎么说？"妈妈急切地问我。我只能再把丈夫的感谢之词翻译成"他说知道了"。

本以为事情终于敷衍过去，妈妈却笑了："那太好了。等你怀孕了，我来帮你做家务。"

我想了一会儿才明白,妈妈以为我是想生孩子的那个,她以为她为我铲除了丈夫不想生的想法后,我必定会生孩子。

"我希望我们能坦诚一些事。"现在我无路可退,必须说出来,不然她会一直把压力放在我身上,给我寄更多的营养品,侵入我的隐私地带更深,"不想要孩子的人是我。"

妈妈的笑容变得僵硬:"如果你忙……你生下来,我帮你带。如果你真的忙不过来,我可以在你家附近租个房子……嗯,这样可以。"

"再搬一次家?你总是把搬家想得那么容易!"我想起以前我们每一次搬的理由,以及每一次的慌乱,这让我烦躁。

"这不重要,我是想告诉你,我会帮忙,妈妈会帮你。"她的声音带着一丝颤抖。

"你最多是帮忙,不可能每天二十四小时都在。"

"那又怎么样?你不会太累的。"

"'不会太累'?但可能会非常累,特别累。"

"也许是这样,但……"

"我还没有那个能力,我也不想牺牲自己。"我果断地打断她的话,就是现在,要让她知道我心意已决。

"没有人能完全不牺牲自己,同时拥有孩子的。"妈妈的声音高了起来,她在努力说服我,"这不是什么可怕的事。"

"是,没有人能完全不牺牲自己,总要牺牲点儿什么,我知道。时间、精力、笑脸。至于牺牲多少,要看运气。有人运气好,没有大事,挺过来了,老了还能拿那些牺牲开玩笑。比如我婆婆,我第一次跟她见面,她和她儿子一起和我说了一件他们都记得的趣事。她说她骑自行车超载带三个孩子,警察在后面追着让她停下,她怕被处罚就越骑越快,最后摔了个底朝天,三个孩子和她一起进了医院。他们运气真好,记得的竟然是这种事。"余光里,我看到丈夫指了指隔壁房间,他用我熟悉的方式告诉我,既然我们在说无需他在场的事,他就离开。

"她没有告诉你别的事?三个孩子,她不可能没有发疯的时候。"妈妈轻轻地摇着头。

"也许她有,但重要的是,她不让孩子知道,孩子就真的不知道。"我听到丈夫已经在书房放起了喜欢的音乐。我嫉妒他的一切,他对别人的事情没有过度的关心,诚实又坦然。

"我不知道你这些想法是从哪里来的。"

你不知道,你当然不知道!我在心里狂喊。你

249

已经给我示范了一个妈妈能有多无助、多痛苦、多不幸，如果世界上还有一个人能理解我为什么不生孩子，那个人不该是你吗？如果你能理解我的这一点，我也愿意去理解你当年对我做的所有事：你是错了，但错不在你。你已经付出了你能付出的所有，但你运气不好。

但我不能说出口。不是因为没有勇气，是因为我仍抱有一丝希望——

我希望我们能坦诚一些事，哪怕全世界都觉得我们是错的，但我们仍能互相理解。

哪怕不是现在。

六

路过街角电器城时,我发现几个人挤在展示用的大屏幕前,讨论着什么。

"空岛?"

"就是那个空岛?"

"应该是吧。"

"哪个?"

"你太年轻了,当时还没有你呢。"

我已经好多年没从电视上看到关于空岛的报道了,风靡一时的善举走上正轨之后,渐渐淡出了人们的视野。电视上不缺新闻,总有一些类似或截然相反的善举正大行其道,占据热点。

起初,电视里说的"纵火"二字并没让我多想。后来,"全部遇害"这个词的出现才让我明白发生了什么。

爸爸很快打来电话，说他正在往妈妈那边赶，让我也过去。我钻进自己的车子，从口袋里掏出车钥匙时才发现，刚买的一袋洋葱还在我手上。

车里的收音机在反复播报这一事件的相关信息：在犯罪嫌疑人的住所找到的犯罪证据、他被捕时狂妄的发言、他的工作简历和出生地，穿插大量的评论，犯罪专家、心理学家、社会学家，各抒己见。

当我在中途加油时，犯罪嫌疑人的几乎所有信息已经被公布得底朝天了。付钱时我看到电视上正在直播对他的初中同学的紧急采访。

"他行事是有些偏激的，有段时间我们这边很多乌鸦死掉，就在公园那边……我们都躲着尸体走，他却一点都不怕，还近距离看了那些乌鸦。当时就有人说，会不会是他下的毒？哦，我没有证据，这件事也过去很多年了……"脸部被打上马赛克，声音也经过特殊处理的一个中年男人，正对着镜头回忆那个"老同学"。

很快，我回到车里，收音机里已经开始列举犯罪嫌疑人从年少时期显现出的残忍的征兆。

我把车倒进妈妈家的后院时，几辆贴着电视台标志的报道车正转过弯，向这边驶来。副驾驶座上有人向我疯狂摆手，甚至还有一个人把整个上半身探出车窗冲我大声问好，他们的眼里闪着光，看上去就像是饥饿的野兽，而我们无疑就是香喷喷的猎物。

来不及拿掉在车座下的洋葱了，我在他们停下车之前逃进了屋里。把门反锁，窗帘拉紧。

妈妈已经瘦弱得像个孩子，她比我一个星期之前见她时更瘦了。这是癌细胞第二次复发，第一次是十一年前，我因她带状疱疹来看她之前——带状疱疹不是单独的病症，而是使用抗癌药物治疗后的并发症——那时我并不知道，也没有关心过。来看她的那次，我没有熬过一开始的那些争论就逃走了，就像我丈夫没有熬到我话里的动词。

爸爸似乎已经和她说过情况，不知道她理解了多少。我见到她的时候，她只是蜷缩在沙发的一角。那个沙发因为使用多年，外面的布料已经变得极薄，一些边角开始露出发黄且带着污渍的内衬。

"纵火？"她眼神呆滞地看着我，"是谁？为什么？"

"疯子。"爸爸回答。

"是谁？为什么？"妈妈没有看爸爸，又问了我一遍，"我们都老糊涂了，你知道得多，你告诉我。"

我告诉她我并不比电视上说的知道更多,但她拒绝打开电视。"都是假的,我不看。"她说。

门铃的电源在我进门后就关了,我听到记者们在外面叽叽喳喳,叫着请给两句评论。我能看到窗帘后面他们黑压压的影子,就像鬼怪电影里的僵尸。

"你们休息吧,没人搭理他们,他们过不了一会儿就会走的。"现在,我必须做这个家里最坚强的人,"在官方正式通知我们之前,我们照常生活。"

说完这句,我走进厨房,开始做饭。

在这个久违的家里,爸爸、妈妈和我三个人,久违地坐在一起吃饭。桌椅还是很多年前的那套,让我想起很多年前,我们一起吃饭的情景。

妈妈吃得很少,很慢,她拿筷子都不是很稳。

"我一直在想你说的那句话。你说,是我放弃了他,是我,不相信他能像正常人那样生活。"妈妈说。

"多久前的事了,不说这些了。"爸爸说。

"也许,你说的是对的。"妈妈轻轻地说。

因为来得太急,我什么都没有带。要去洗澡

之前，妈妈在我的旧房间找到了几套布满折痕的睡衣。

"放久了，但其实还很新。"她递给我。

"我怎么不记得有过这套睡衣？这不是我的，我见都没见过。"我仔细拿在手里看了看，尺寸似乎合适，但样子不对。

"前几年我做的。"妈妈指指客厅角落的缝纫机，擦得锃亮，"我做了挺多，衣服，桌布，窗帘，我会卷边。"

"你以前很讨厌这些。"我想起小时候有一次，看到邻居孩子的妈妈给他织了背心，我回家跟妈妈撒娇说我也想要，她根本没搭理我，我只得悻悻地走开了。

"也不是讨厌。"

"那是什么？"

"那时好忙，真的一点时间都没有。不可思议，怎么会有那么多事要做？每天要工作，要接送你，还有……"她没把这句说完，就转移了话题，"现在时间好多。"

我想起医生上个星期给妈妈下定论，说她时间不多了，这让我一阵鼻酸。

我把那套睡衣拿在手里反复看，除了没有商标，看不出和商店里卖的成品有什么区别，缝线工整,胸前一朵刺绣小花,羞羞地垂下来,领口还有一点设计感。妈妈的手真巧。

"还有这套。"妈妈看我有兴趣的样子,把另外一个抽屉也拉开了,"这是织的围巾,颜色可能有点亮丽了,怕你不喜欢。"

我把大红色的围巾拿出来,用手一摸就知道是最好的料子,松软保暖。

抽屉里还有很多颜色鲜艳的东西,拿出来一看是小小的手套、背心,还有小到出奇的袜子。

"如果你有了孩子……这些是给孩子的。"妈妈的声音越来越虚弱,她该休息了。

"妈妈,我不可能有孩子了,都这个岁数了。"那双小小的袜子在我的手心,怎么会有这么小的东西?它还不如我的手指长,真的有这么小的脚吗?

"我知道,我知道。只是当时我太忙了,每天有太多事要做……我拼命想做完,做好,然后就能给你织背心,你不是想要小兔子的背心吗?可我怎么都做不完,做不好。我心里好急,谁也帮不了我。这么多年过去了,我终于有时间了。没来得及给你织的,我可以织给你的孩子——算了,算了,我知道了。你别生气了,我不说了。"

我明明没有生气,妈妈却怕我生气。因为她知道这个话题我不喜欢,因为不止一次,我在谈到这个问题时真的生气了。

"我没有生气,你说吧。"

"哦,其实也没有什么。你的孩子……如果你有孩子,我会对他很好的。我现在时间很多,不会再让他受一点委屈。"

妈妈想要弥补的,是我吗?

"孩子不是用来弥补的工具,每个孩子都有自己的人格。"

我的丈夫在得知我们的一对夫妇朋友决定继续过有危机的婚姻,并以生孩子来开启生活新篇章的时候,说过这么一句话。那时我飘飘然地看着他,为他的正确感到骄傲。此时此刻,如果他在场,并听懂了妈妈的语言,他一定也会这么说吧。"你们之间有那么多严重的问题,这不是盲目地生一个孩子就能弥补的。"我能想象出他的语气,也能想象出自己的憧憬,憧憬他思路清晰,憧憬世间能尘归尘,土归土。

可丈夫没有看见那对夫妇的其他改变,他们的决定里包括但不限于生一个孩子,还包括对未来的共同规划,责任分工。他也不清楚在我妈妈的语言里,她是如何和人道歉——她不会说对不起,但字字都在说她希望她能对我更好,虽然她没有做到。

她苍老、病弱、近乎一无所有，我不会向她要求更多了。

爸爸离开的时候已经是深夜，他特意在所有报道车都离开后才走。他的新家庭似乎还没有被盯上，他不能暴露身份。

走之前他跟我说，近期他不会来了，让我照顾好妈妈。我看着他们像一对老朋友一样握握手说再见、保重，想起在我还是个孩子的时候，家里曾经有过欢声笑语。当然，还有互相伤害，可是就连互相伤害，也是建立在曾经亲密的前提上。

一个人和另外一个人，竟然可以那么亲密，揉在一起分不出你我，然后划分界限。

"代我问你妻子和孩子们好，保护好他们。"妈妈最后和他说，"记者只知道这个地址，有什么我们会应付。"

妈妈说"我们"，指的是我和她两个人。在她心里，我是靠得住的，想到这里，我轻轻笑了。

我跟丈夫发了信息，说妈妈身体状况不好，加上空岛的事，我会在妈妈家和她一起共渡难关。他迅速打来电话，告诉我，他会随时等着我的联系，有任何需要帮忙的尽管告诉他。他还说，他有个关系很好的记者朋友在报道这事，受害者家属如果能出面，制造舆论压力，也许会加重对罪犯的审判力度。我谢了他，告诉他我会考虑他的建议。

夜里，躺在我以前的床上，我翻来覆去睡不着。我想知道空岛的事进展如何，偷偷来到客厅打开了电视。这个时间段，很多都是重播。我找到一个新闻台，没等几分钟就出现了空岛的报道。

"我只是做了大家想做而不敢做的事。"那个疯子对着镜头笑着说，"现在空岛真的空啦。"

我感到一阵战栗。许多恶，就藏在这光天化日之下，有人好运能一生不与之相遇，但有人注定成为牺牲品。

都是假的，我想起妈妈的话，明白了她不看电视的理由，这不可能是真的。如果不这样对自己说，我连呼吸都会变得困难。

我走进妈妈的房间，想问她需不需要什么。没有开灯的房间里，淡淡的月光照在床上。妈妈的脸向窗户那边侧着，我看不清楚她是醒着还是睡着了。

房间里充满熟悉的气味，妈妈的气味，香皂混合着薄荷糖的气味，旧衣物的气味，我就那么站了一小会儿，正要离开的时候，妈妈突然叫我的名字。

"珍，你过来。"

我走到床边，她还是没有转过头："你看，窗户外面。"

这时我才发现窗户外面不仅有月光,还有远处的路灯——啊,那是港口的光。原来从这扇窗户看去港口是那么近。

我们的确是因为离港口近才搬到这里来的,但我的房间正好在反面,看不到港口。从这里看到的港口,近到隐约能看到海面水波粼粼的亮光。

"你仔细看看。你觉得,如果空岛着起火来,从这里能看到吗?"寂静中妈妈说,"离得那么近,应该能看到的吧。"

"妈妈。"

"如果那晚我没睡觉,就能看到失火了。"她转过头看着我,眼睛瞪得大大的。

"妈妈,看不到的。"

"一定有办法,只要够认真,就能不让你们磕着碰着,能参加你们所有的学校活动,回答你们每一个问题,不忘记每一件事……可时间不够,我又好累,你还没吃饭,我就睡着了。所有都怪我,如果我再多点时间……"她像个孩子一样呜呜哭了。

我拉住她放在被子外面的手,那双手骨瘦如柴,扎得我发痛。她的手紧紧抓住我的手,就像某个晚上我不想让她离开的时候那么紧。我还记得,当我那晚决心要任性,不放她走的时候,她是如何轻轻拉起我的被子，侧身躺在我旁边的。当隔壁哥哥的房间响起声音，她又是如何迅速起身，跑去看他的。她每晚都睡不好，睡得很浅。

我拉起她的被子，和她躺在一起。

被子里好冷，就像每次冻结后的我自己一样冰。谁来计算一下融化这样厚的冰要多少热量？我全部奉上。

七

这个世界上好像就只剩下我们两个人,在这间靠近港口的小房子里。记忆中,我们从来没有单独在一起,平静地生活那么久。

在她还能勉强行动的时候,我们一起出席了一些公开活动。为了加深世人对受害者家属的同情,激起对犯罪嫌疑人的舆论谴责,甚至希望对后世有所警醒。

做完那些后,她已经很虚弱,有时会陷入意识不清的状态。医生下了严格的命令,要求我不要再让她外出。

那段时间,她整天躺在周围是各种器械的床上。她坚持要在家里,不去医院。

每天，我采购、做饭。起初，我请了一位护工来帮她如厕和洗澡，但那位护工没做两天就提出辞职。

"您的母亲，她太固执了。这个工作，不是我不想做，是我实在做不了。"护工说，妈妈不肯让她帮忙，不管怎么劝，都行不通。

我又找了一个护工，结果情况完全一样。没办法，我只好自己带她如厕，给她洗澡。

我第一次扶着她的胳膊，要把她架进浴缸时，想起好心的护工临走前提醒我的话：看起来再瘦弱的人，自己使不上劲的时候也很重。所以，首先，要选在她精神相对好的时候带她洗澡。其次，不管什么情况下，一定要贴紧她，架住她，在浴室里摔一跤是会要命的。

等她妥妥地坐在浴缸里，我已经全身大汗了。

"我很重吧？"妈妈说。

"不重，是我还没学会怎么使力。"我坐在浴缸前的小凳子上，在手心搓着沐浴露，"护工不好吗？她们有经验得多。没什么好害羞的，她们见的裸体多了。"

"太贵了。"

"什么？"我没反应过来。

"护工，太贵了。"

我跟她解释，我的工资完全能负担起一个护工来照顾她，让她别担心这些小事。

"这不是小事。以后，只能靠你自己照顾自己，能多储备，就多储备。"

我下意识想反驳她的话，却发现这句话无从反驳。虽然不服气让她占了上风，也只能老老实实地给她洗身体。

"我以前总是问你什么时候生孩子。"妈妈坐在浴缸里，双手攥紧两旁的扶手，防止自己滑下去。

"是啊。现在好了，年纪过了，不可能了，你也不用问了。"我不敢掉以轻心，一直用手扶着她的背。

"挺好，你能照顾好自己。"妈妈说。

"是啊。"我背过脸去。

她却像个顽皮的小孩，咯咯笑了出声："其实也没什么重要的事。得到就有失去，失去就有得到，最后都能扯平。"

我不知道她在那一刻想到的是什么。

给她穿衣服时，我笑话她衣服尺寸买得太大，是因为相同价格，所以挑了一个布料最多的吗？她让我别太得意，说如果再不把她转移到床上，她就要在浴室里睡着了，到时候我就笑不出来了。

那天我感觉整个屋子里都是轻松的氛围，我们珍惜这种心平气和的相处，甚至能像朋友一样开玩笑，因为我们知道彼此很透明：她的时间不多了，而我永远不可能生孩子了。

还有一次，也是在洗澡时，她指着自己松垮垮的肚皮上的纹路告诉我，那是生我时留下的剖腹产手术疤痕。

"等了十多个小时，医生说不能再等了，再等会有危险。一声令下，紧急剖。"妈妈说。

"为什么？"我对生孩子的过程一无所知，都不知道从何问起。

"什么为什么？"

"为什么……"我得好好想想我应该怎么问，才不会被妈妈笑，"为什么等了那么久？"

"这要问问你了，为什么让我们等那么久，还不肯出来？"妈妈还是笑了。

"我……"我当然不可能知道。

"因为你的头太大了，卡住了，下不来。"妈妈笑得更大声了，"真的，是医生说的。"

"所以你就切了这一条。"我伸手摸了摸她的纹路。

"傻瓜。是横的这条。你摸的那条竖的，是肥胖纹。"

我当然知道，这种纹路我也有。这次我是故意逗她笑的。

妈妈有时候一睡就是一整天,营养补充剂通过点滴,输入她的身体。

电视上已经开始报道新案子,门外的报道车也早就消失了。有时我有一种错觉,空岛还在那里,哥哥也在那里继续生活着,像多年以来那样。

妈妈应该也是一样的感觉,清醒的时候,她的话里总是少不了谈到哥哥,一切都没有变。

"你好聪明,知道怎么骗哥哥出门。"有天她刚睡醒,像是回忆起什么似的。

"是吗?"我不知道她说的是哪次。

"你知道哥哥喜欢什么,你一直在看,记在心里。"

"是的。"

"哥哥最后还是乖乖出来了,跟你走了。你是怎么跟他说的?我一直都想知道。"

我知道她说的是哪次了。

那天妈妈比平时早很多来学校接我,回到家后她一直在自己的房间里整理东西,我坐在客厅沙发上看电视。过了一会儿,妈妈来到我身边。她没有坐下,拳头紧握,这表示她很紧张。

"你去看看哥哥怎么样了。我们马上得出发了,爸爸下班直接去港口和我们会合。"

"你自己去嘛,我在看电视呢。"

妈妈离开了,不过一个电视广告的时间,她又回来了。

"我真的不能去看他。"

"为什么?"我头也不抬地说。

妈妈又语无伦次地说了好多话,这下我知道她真的犯难了。我也清楚地意识到一件事,今天哥哥非走不可。

如果哥哥不快点出来,可能会误了整个计划,接下来妈妈会着急,只能强行把哥哥拉出来,但妈妈自己肯定是做不到的,哥哥力气可大了,那要怎么办?叫爸爸回来?事情会闹得更严重……我也不会有好果子吃,还想看电视?做梦呢。

为了避免这些可怕的结果,为了避免自己受牵连,我在心里迅速权衡了一下利弊,决定还是现在站起来,从源头上解决问题。

"准备出发了。"我站在哥哥门前,敲了敲门。

哥哥把门打开了。

"我不去。"哥哥转身又坐回床上。

"妈妈会着急的,爸爸在等我们呢。"

"我不去,要去你去。"哥哥重复着同样的话。

这场拉锯要持续多久？难道最终还是要以全家把他半拖半拽拉上车作为结束？想想就很头疼。

我灵机一动："我们去玩跷跷板，好不好？"

我看到哥哥眼睛一亮，就知道他信了，我乘胜追击："趁天还没暗，要赶紧出门，不然玩不了了。你不去，那我自己去了。"

我假装不管他，要一个人离开。

果然，哥哥乖乖跟着我来到客厅。在客厅等着的妈妈，看到哥哥跟在我身后的时候，脸上露出不可置信的神情。我比了个手势，让她赶紧去开车。她慌忙拎起行李箱，拿着车钥匙出去了。

我带哥哥走到车门前的时候，妈妈已经坐在车里了。

"珍，你不是说玩跷跷板吗？"哥哥停住了。

"是玩跷跷板，但我的脚疼，不想走路。我们坐车去。"不过脑子就能撒谎，算是我的特技。我满心满脑只有一个简单的目标：把哥哥骗上车。只要他上车，一切就由不得他了。

哥哥迟疑了几秒钟，一言不发地上了车，我们并排坐在后座。我看了看后视镜，以为妈妈会很感激地给我一个笑脸，毕竟我如此顺利地把哥哥带上了车，避免了一系列的麻烦事，可她只是眼神放空。

不管如何，完成了一项艰巨的任务，我的心情很轻松，接下来哪怕是哥哥再哭闹要回家也和我无关了。

车子慢慢开动。几分钟后，街角的公园慢慢进入了视野，哥哥欠着身子在看。我看到了天蓝色的跷跷板一闪而过，哥哥很喜欢玩的那个。

每次我们去公园，他都要我和他一起玩，但大部分时间我不愿意。我更喜欢可以一个人玩的项目：荡秋千、堆沙子、滑滑梯，一个人玩让我感觉自在，不用配合谁。

当车子驶过公园时，哥哥还在回头看。

公园越来越远，被车子抛在身后。他突然转头看了我一眼，那一瞬间我有一点担心，他应该已经明白了我们不是去玩跷跷板的，车子不可能停下，也不可能回去，只会一直前进。我担心如果他发脾气，坐在他旁边的我难免被波及。

可他最终只看了我一眼，就低下了头。我想他已经知道我骗了他，并且立即原谅了我。一直到港口，我们都没有再说一句话。我就是这样完成自己的任务的。

我把跷跷板的故事讲给妈妈听，故事才说到一半时，她就开始打哈欠。

"这是我第一次和你说那天的事吧，你怎么不听完呢？是我太啰唆吗？"

我本以为她会说点什么来取笑我，哪怕只是笑笑，但妈妈没有反应，她是真的睡着了。

在我还没有离开家的时候，有段时间，我像赌气一样故意不去谈哥哥的事。不仅不主动谈，还会在她提起哥哥时假装听不到。那是我的一种幼稚的复仇：我知道哥哥对她来说重要，但我更想强调我的存在。我恨她总是做出一副没有选择的样子，好像她只能那么做——因为哥哥需要被关注，所以我必须做不被关注的那个人。无论是为了哥哥搬家，还是别的什么。

我不知道我们有没有选择，我是说，除了哥哥之外，这个家还有爸爸，还有我，还有妈妈她自己，我们难道不是在共同承担为哥哥做选择的某种后果吗？在我的印象里，妈妈一直在寻找各种东西和哥哥的关联。有时候是某个课程，有时候是某片住宅区，有时候是某种疗法，空岛当然也是她抓住的救命稻草之一。

甚至，在去世之前的几天她还指着家里的一盒彩笔里的某一只，喃喃自语道："这个颜色多衬哥哥的肤色。"

那么多年，我听她说过无数次类似的话。任何事情，她都能把话题引向哥哥，哪怕在哥哥去世后,她也一再说起哥哥,仿佛哥哥近在眼前,而实际上在她眼前的我却远在天边。我经常为此伤心欲绝,因为她偏袒,她不这样事事都想到我,但那一次我知道她时日无多,决心鼓起勇气,问她:"那我适合哪个颜色?"

她想也没想就指向另外一个颜色:"你当然适合这个颜色。"

"当然"这个词让我痛哭流涕,突然意识到她事事也同样想到我,只是认为太过明显,没必要说出口。

八

靠港口的房子最终低价卖给了一个倒卖房产的人,我只想快快出手。所有的东西我都没有带走,除了妈妈留给我的一个纸箱子。

许多哥哥的病历、治疗记录,我们两个的医疗卡、各种资料,妈妈年轻时的两张证件照、一份简历,一本家庭相册,还有我的奖状、成绩单,几个本子。

我坐在小阁楼上,逐一翻看这些旧得发黄的纸张,然后我在一本写着哥哥名字的文件夹里发现了一份评估报告。

报告首页写着评估人的名字,我记得那个名字,我怎么会忘呢?她来过我家至少五次,或者更多。她是一位头发花白的年老女性,总是穿着深蓝色套装。她曾经在我面前自我介绍,说她会帮助我们,让我相信她。

第二页记录了她对我的家的印象。

> 一栋简约又朴素的小房子。从门口杂草的情况来看,已经很久没有打理过。门口斜着堆放着两辆儿童自行车,其中一辆明显是废弃的。被评估儿童不善于运动,平衡感差,学了很久也没能学会骑自行车,这点在后来的访问中得到证实。

第三页的记录。

> 笔者在三个月内对这个家庭进行了十一次访问。

她按时间顺序,写清楚了每一次都有谁参加——其中五次是爸爸和妈妈一起参加的,一次是哥哥,两次是妈妈,剩下的三次是我。

原来我接受过她三次单独的访问。事实上,我相信我见过她超过三次,还有一次,她邀请我去她家做客。

我先翻到哥哥的那唯一一次访问。

……

问：你喜欢现在的学校吗？

答：喜欢。

问：你最好的朋友是谁？

答：珍。

问：你喜欢这个家吗？有没有任何困扰你的事情？

答：喜欢。没有。

问：我了解你的情况，不要害怕，什么话你都可以和我说。

答：你出去。

问：你觉得爸爸和妈妈，谁比较有耐心？

答：你出去！

笔者多次努力帮助受访者稳定情绪，但由于受访者不配合，无法控制情绪，访问最终提前结束。

（注：问答期间，受访者妈妈要求在场，理由是"为了受访者能安心"，考虑到受访者的年纪，妈妈有溺爱的倾向。）

……

继续往下翻，下一页是对我的第一次访问。

……

问：你知道哥哥的病情吗？

答：知道。

问：你会不会有时候觉得困扰？（无回答，笔者补充）听说你每天和哥哥一起上学放学，是为了让你看着哥哥吗？

答：我们在同一个学校，所以一起走。

问：爸爸和妈妈会吵架吗？最近一次是为了什么事？

答：不会。

答：别紧张。你看起来有点害怕，别担心，我是来帮你们的。其实父母吵架很正常，我接触过很多家庭，没有家庭是不吵架的。如果把吵架的理由解决了，不是很好吗？你看起来比同龄的孩子要懂事，你应该知道怎么做才对大家好。那么，我再问一遍，爸爸和妈妈最近吵架了吗？

答：有时候会。

……

看到这我的脸红了，在这张纸上，能清晰地看到一个大人是如何引导一个孩子向自己展露天真的那一面，更能清晰地看到一个孩子可以多么天真。

我记得那天,那位年老的女士第一次和我见面,我事先就决定不会向她透露任何关于我家的事,甚至在适当的时候让她出去——就像哥哥说出口的那样,哪怕有些无礼,但不失为上策——我以为自己武装得够齐全。

但她一直在微笑,还夸我,让我飘飘然。报告上没有记载,她在第一次访问的最后向我提出邀请:"你真是个聪明的好孩子。周末你可以来我家玩,当然要经过你妈妈同意哦。还有另一个年纪和你差不多的女孩会来,她也是我现在帮助的孩子之一。"她把家里地址写在我的笔记本上,还写下了坐车路线。

我不是没有过犹豫,刚见过一面的女士,去她家?妈妈更是立即说:"不许去。谁知道她安了什么好心?"

"她看起来很友善。"我咕哝着,心里在妈妈否定的时候已经暗自决定了,既然妈妈反对,我反而不犹豫了:我偏要去。妈妈对人太严苛了。

我撒谎去同学家,偷偷坐上了公交车。车子驶过不常见的风景,最终停在一排漂亮的小房子前。我手握从笔记本上撕下来的、写着她家地址的字条,惴惴不安地敲开了一扇门。

那是一间温馨又舒适的屋子，我和另外一个女孩，一起坐在沙发上吃了面包。那位女士始终笑盈盈地看着我们，听我们说着学校的趣事。当我们站起身来，她仔细地清理了沙发上残留的面包屑。我还记得看到她这样做，心里生出一些愧疚，想着要是吃的时候用盘子接住的话，就不用麻烦她清理了。

我们总共也不过在她家停留了不到一个小时，就离开了。坐在回家的公交车上我还在想，回家后如果妈妈问起，我会跟她坦白自己去了哪，还要向妈妈证明：那位女士并没有不安好心，她只是招待我们，并没有问我们关于家庭的任何事。如果我再多点勇气，也许还能指出妈妈对人防范心太重，这可不是什么好事。

可那天回到家妈妈什么都没问，她很消沉，我也最终忘记了说这些事。

我接着看对我的第二次访问记录。

没有铺垫，那位女士开门见山地对我说："你可以相信我。"

当她接着说她会帮我们，我的证言表明我恨不得举起双手让她看到我们的困境。

> 妈妈连续哭了几个晚上,我听到了。她还跟爸爸说,她受不了了,我不知道她指的是哪件事。爸爸说她情绪不稳定,要她冷静。
>
> 她没有伤害我,没有。有一次,他们吵架,她扔了个东西,砸到了我腿上,这算吗?
>
> 您是问我是否觉得妈妈可怕吗?不可怕。只不过,确实有时候我会担心她。就像您说的,我不觉得她情况很好。

我记得自己当时以为我们的关系不同一般——她在家招待了我,对我非常有耐心,而且她很可能是一位医生,或者是其他专业人士,因为她说她会帮我们。

无论我说了什么,她都会认真地看着我,鼓励我继续说下去。

"你做得很好,为了这个家,你帮了大忙。""你真聪明。""你要给我看你的画?太好了,我当然想看。"那一段时间,我觉得终于有人能让我倾吐心声,她并不是每次都做记录,(在这份评估报告中,她只记录了其中三次)有时候我们只是闲谈。

我开始期待她的每次访问,暗暗把去过她家当作我们亲密的证据之一,甚至在她消失得无影无踪后我还黯然惆怅了一阵,担忧她是不是出了什么事——现在我知道了,她消失是因为她完成了评估报告,做完了她的工作,得到了她想要的结果,对她来说,我没有用了。我怀疑她并不记得我的名字,哪怕我一直记得她的。

在最后一次访问时,她几乎是火力全开,我能感觉到她与以往略有不同,她变得目的明确,引导我多谈妈妈的情况。而我则被她的话绕得晕头转向,像一辆没有刹车的自行车滑下了坡。

我没有说一句假话,但我的每句话如今再看都能被当作妈妈自顾不暇的罪证,尽管我的初衷只是想有人能帮忙。

> 空岛?妈妈说了空岛的事。她想让哥哥去,我觉得。不过她又不是很确定,她还没有想清楚。她已经反悔了几次,为了这个也和爸爸吵架了。
>
> 游乐园?没有,我们很久没去过了。哥哥需要照顾,还要去听讲座。只能周末去,平时她要上班。她照顾我的时间很少。
>
> 她上班应该很累。有时候我会自己做饭,有时候爸爸会带我出去吃饭。
>
> 是的,她不知道,也可能不记得了。我不知道。是爸爸送我去的,主要是爸爸负责

这些。

爸爸如何和我解释？爸爸告诉我哥哥的病名，我觉得自己很受重视。妈妈没有说过生病什么的，她说哥哥性格不好。

如果必须选一个，我想跟爸爸住，因为他知道我的衣服都在哪。学校的老师也都认识他。

……

在这些纸上，我看到一个孤单的孩子，面对一个突然出现的好心人，从防备到停不下来倾诉，直到对方打断她说："访问到此结束。"

在这句话的正下方，所有打印的内容的最后，有一行有力的手写字：

笔者认为，被评估者的家长（尤其是妈妈）没有继续在家照顾被评估者的能力，尤其是在考虑到家里还有一个女儿的情况下。为了女儿的身心健康，建议家长放弃在家照顾被评估者的权利。

在这行字的后面，是爸爸和妈妈各自的签名。我盯着妈妈那个软弱无力的签名，想象着妈妈是如何接受这一切，在女儿的证言下签字，表示她理解自己的错误和缺憾。我想象着在她痛苦得站不起身时，有人来告诉她还有对女儿的义务，没有人能逼一个那么痛苦的人站起来继续受罚，除了我。当妈妈最终反悔，不愿意让哥哥离开的时候，是这则评估报告替她做了选择。不管委员会的专家们想从妈妈那里得到什么，在他们把目的瞄准在我身上的时候，他们就已经成功了。

我躺在阁楼上，就像妈妈曾经一样，痛苦得站不起身。

漫长人生中，不止一次，我被别人指责"不相信别人""冷漠"，连我的丈夫也说："你应该试着相信我，依赖我。你在害怕什么？你又会损失什么呢？"我解释不清的那种恐惧，如今有了解释——当我还是个孩子的时候，我曾经那么毫无防备、心怀希望："快看，我妈妈已经筋疲力尽了。"我等着有人来救援，然后我们能快乐地生活，不必记住是我拼了命喊来了人。当有人说他们要帮忙，我忙不迭地相信他们，把他们带到脆弱的妈妈身边，可来的人并不真正关心她的痛苦，他们只是粗暴地切割了她的痛苦，好让他们能对一些东西视而不见，能让他们不受牵连。这些事给妈妈留下了永远的并发症。

我可以自我安慰：这一切并非因我而起。但是我喊来了人，这点永远不会变。如果你相信过别人，后来发现那是个错误——这并不罕见，甚至可以美其名曰成长——你会付出代价：一些钱，一些感情，或者两者都有。但不管多可怕的欺骗，都会随时间渐渐淡去，威力渐小。可我不一样，我还那么小，我心怀希望的结果，是永远地伤害了妈妈。哪怕是在我没有看过这份评估报告的那些年里，我能说自己对这一切毫不知情吗？

时间过去，当她老去，当她离开，当我已经活到了她当时的年纪，伤害已经无可弥补，只剩下失去知觉的疤痕一道。

九

第一次有人找到养老院,要采访我的那天,正好是石负责照顾我的第一天。

当我们快要把那些初次见面才会说的寒暄都说完的时候,他别在腰间的对讲机响了起来。

"是的,我们正在花园……池塘边。好的。明白。"他一边说这些一边对着我微笑。挂了对讲机后,他又给了我一个更大的笑脸:"您有访客!一位男士。"他那么高兴的样子,像是在提醒我作为当事人应该更高兴似的。

我却感觉不到高兴,只有一阵迷惘。也许是时候跟负责人说不要放任何访客进来了,不会有什么例外,我知道他们是为何而来。

"一定是您的家人吧。我把您推到这儿等,这儿暖和些,好吗?我去带他过来。"

"好的,谢谢,但是我的家人都不在世了,我也没有孩子。"

"啊……对不起。"说这话时,他已经帮我把轮椅固定好了,"那,访客……"

一瞬间,我有一种想要恶作剧的冲动,对面前这个谨小慎微,且是初次见面的护工说一些完全不轻松的事,他会有什么反应?

"访客?是谁会来看我呢,除了那些想来挖点料的记者?挖什么料?就是我哥哥在纵火案里去世的料啊。"

真想看看如果我这样说,这位护工的脸上会出现什么表情。这些我花了近一生来消化的事实早已不再让我疼痛,它们寄宿我体内,温顺地与我共存。但只要我说出口——不管我用多么轻快的语气说出口,它们都会瞬间变成炸弹,我试过了。

"巨大的不幸",好心人会这样说。知道了我的故事,哪怕只是个大概,他们会称赞我如此"坚韧""克制",甚至有点"风趣",他们的表情却告诉我:别再提了,把你的炸弹咽回你自己的肚子里去吧。

我曾经对此愤慨:我都能笑谈这些,为何你们却避讳不语?别表现得那么软弱和虚伪。

直到有一次，一位相识多年的邻居因病去世，他的遗孀在很长一段时间里每天登门和我聊天，准确地说，没有聊天，只是自顾自地泪流不止，我知道她非常悲伤。后来她似乎痊愈了，还找到了新的爱人。又过了很久，某次聚会时她戏谑地谈起当时的情况，对着我说："当时我每天都要去你家，因为我只顾着哭，没有时间做饭，会做饭的那个人又刚去世了。"她接着大笑起来，搂紧了身边的爱人。

没有人不称赞她的幽默、克制，但也没有人能笑得出来，因为她也许已经消化掉的悲伤在我们眼前原形毕露：一枚炸弹。她习惯了与那枚炸弹共存，但我们没有，至少我不知道该如何应对。

当然，眼下情况又有所不同。我不想让这位看上去很善良的护工为我难过，更不想让他尴尬。我希望我们只谈谈花花草草，开开无伤大雅的玩笑。

"帮我把访客拒绝掉吧。"

"好的，好的。我知道了。"他像是得了了不得的命令，立即背过身去，走到我听不清他说话的距离，对着对讲机说了些什么。

"谢谢。这儿很好，很暖和。"等他小心翼翼回到我的轮椅后面，似乎在犹豫要不要把我推走的时候，我说道。

"是的，这儿真的很好。"他语气里还带着一丝抱歉。

"除了饭菜有时候实在让人咽不下去。"我尽量不去想自己的事,只用最平常的话和最平常的笑容回应他。这样他和别人谈起我时,就会说,那个老太太挺好相处,脑筋也很清楚。

"也许是吧。"他第一次在我面前露出了轻松的笑容。

我告诉他,他可以去休息,我想一个人在那里坐一会儿,等我想要回去时,会按铃告诉他。考虑到接下来我们还要相处很久,我还是决定以最平淡的语调告诉他:"来找我的访客只可能是记者,直接帮我拒绝掉就好。"

"对不起。"石把轮椅固定好,小声说道。

"没事。我想你以后不用像我这样住在机构,吃这里的饭菜,你可以靠孩子帮忙。"我笑着看着他。

"不好说,我可不想看他们的脸色生活。你知道的,他们个个都是白眼狼。"石也咧着嘴笑了。这次,他没能及时察觉自己言语中的失礼就离开了——我没有孩子,我不知道孩子都是白眼狼。

可以说,在养老院住的前几年,石教给了我很多关于孩子的事。我愿意听他说那些事,他的小女儿上补习班了,他的大儿子都要工作了,孩子们在一起会吵闹，争东西，但最终他们会互相帮助。

我只见过他的小女儿一次。那次，小女儿来给石送东西，正好那时石在给我按摩，所以她来到我的屋里。

我听他们父女俩在说下周远足的事，小姑娘说自己的好朋友，另外一个女孩会缺席。

小姑娘跟石抱怨，好朋友缺席的理由是快要期末考了，不想耽误学习。

石说，这不是真的，真正的理由是她的爸爸妈妈不希望她去。

小姑娘却说，她前一天还听到那个阿姨和自己妈妈在聊天，说希望自己女儿去远足，锻炼一下。

一直到离开，小姑娘都在咕哝这件事，说她的朋友一直很期待这次远足，怎么会突然说因为期末考而不想去了呢？真是奇怪。

石只是一直笑着附和，说他也不清楚。

就是这时，我回想起自己小时候对空岛的感觉，充满矛盾。大人们说，空岛是我们人类社会进步的象征，孩子们却不理解大人的一片苦心，不了解责任、贡献这些高尚的人性。对待同一个空岛，大人和孩子的态度，截然不同。

这么多年，我都以为自己当时是掉进了大人世界和孩子世界的夹缝，所以我期待赶紧长大，再也不用回到那个幼稚的孩子世界。

石的小女儿走之后,我和石谈起这些。

我说:"那个小朋友真是不能理解大人的良苦用心啊。"

石却笑得很夸张,他问我:"您不会真的以为那个小朋友是想学习,而家长希望她去远足锻炼吧?"

我说:"听起来像是这样的。"

但石微笑着反问我:"那不是很奇怪吗?她明明和朋友说,自己很期待这次远足。"

那一刻我有点气恼,自己像被当傻瓜一样对待可不好受。

石停止了饱含讽刺的笑容,向我道歉,说忘记了我没有跟孩子相处的经验。

然后他说,其实一点都不奇怪,答案很简单,简单得骇人。那个女孩很想去远足,但她妈妈告诉她要学习,不能去。当然,妈妈在外面不会这么说,她一定得说远足能锻炼人,显得她开明。

他还说,当一个家庭里的大人和孩子分别表现出两种态度时,孩子的态度才是那个家庭里的真实态度。因为大人会出于各种目的对外界撒谎,有时候是为了保卫自己的形象,有时候是为了成全自己的假象。而孩子不会,他们的借口、厌恶是从大人那儿模仿来的，却还没学会像大人那样掩饰和撒谎。

我定在那说不出一个字来。正如他所说，这个答案简单得骇人，而我想了那么多年。

我随即想起多年以前我在路上碰到的邻家女孩，她听到我说要去空岛看哥哥时的眼神。明明她的家长积极参与和支持空岛项目，捐钱又贡献时间，但在她的眼里除了厌恶，我看不到别的。

那个女孩厌恶的眼神才是大人在家里的真实态度——女孩观察到了，模仿给我看了——他们对外宣扬自己道德高尚、责任感强，但实际上呢，他们讨厌空岛，尤其讨厌像哥哥那样的人。

大人强于孩子的，莫过于善于隐藏自己的厌恶，能让一切在表面上看起来温馨有礼罢了。

并没有什么成人世界和孩子世界，只是虚假世界和真实世界的区别罢了。

我当时也并非掉进了成人世界和孩子世界的夹缝中，而是站在真实世界的门口却不敢相信而已。

然后我想起，也许我曾经站在真实世界的门口，而且不止一次。

不，我不知道那里有什么。我没有真的往里面看过。

所有的报道、研究，都赞叹空岛的成功，他们说空岛是高尚的、理想的。他们说歧视不可取，歧视只来自那极少数的人，包括放火的疯子，和心灵还不健全的孩子。

可是，如果孩子的残忍只是大人的真实表现呢？把哥哥那样的人和我们分开，是优待还是区别对待？如果孩子对空岛的厌恶是来自那些大人的话，如果那些大人本来就很讨厌哥哥那样的人的话……为什么要创造那样一个地方？把他们讨厌的人聚集起来？而且是远离陆地的空岛？大火烧起来，岛上的人没法和陆地取得联系，因此没有得到救援，大火一直烧到第二天……

官方说法是无线电被破坏了，是怎么被破坏的？凶手提到自己在陆地码头偷了一条船，说得那么不费劲，好像那船就在那里等着他一样。凶手的爸爸说他智商不高——没有人提到这一点——他真的能做到吗？

他还提到在事发前有人接近他，煽动他，激发了他的杀心，"给他们解脱""资源是有限的"，这到底是谁的原话？

他没有说那个人是谁，因为他想把"壮举"都包揽在自己身上，这是不是正中那个人，或者那些人的下怀？如果他真的点了一把火，那么点火之前的那些事该怪谁呢？

当他在电视上神秘地笑着说:"我知道为什么要把疗养院建在岛上,因为这样我们就看不见他们了,眼不见为净。"我在电视前吐到胆汁泛滥。

哥哥在植物百科全书里留下这样的话:

> 也许有段时间,他们真的看重我们,珍惜我们,给我们最好的条件。

真的有这段时间吗?如果真的有,那是从哪个时间点开始变了呢?

我不懂,永远也搞不懂了。

我只知道,我活着的这些年,世界发生了很多变化。

我相信有一部分人的初衷是好的,怀抱理想,披荆斩棘。就像我同样相信,有一部分人会想办法除掉和自己不一样的人,打着为所有人好的旗号。

说到底,风向转了是好是坏,事情是脱轨还是上轨,取决于谁站在什么角度看。某个人的困局,也许正是某个人的解脱。要握住这个,可能必须放弃那个。有意义的只有一点:在那个图景里你是哪一方,又会变成哪一方,可正是这点我始终看不清楚。

要离开养老院的那天，只剩下我和另外三位老人。我们四个人被集中在一间大屋子里，电视上重复播放着各个养老院解体及重组，以及呼吁亲人家属尽快接回自己的父母的消息。有已经神志不清且联系不上家人的老人，哭得像个走失的孩子，正等待认领。

"我们是对儿童友好的社会，为了儿童，补助是充足的。"坐在最显眼的位置，发表总结讲话的，正是藤，他看上去比来见我时更有干劲儿，意气风发。我努力想找找看，他周围的人群中有没有桐，却意外发现整个画面上的每个人都那么年轻，年轻得让人害怕。

"我们应该把重中之重放在孩子身上，现在，是时候大刀阔斧开创一个新局面了，让社会看到我们的决心。"藤侃侃而谈，他的话如此熟悉，仿佛多年前就听过。怎么会这样？

世界真的变了吗？我问自己。突然间我有了一种错觉，世界的内容根本没有变，变的只是方法和手段而已。

电视被关上了。

开始有人拿着资料在我们身边走来走去。他们跟他们的领导一样，没有任何自我介绍，也不会叫我们的名字。我们之间，只保持最小限度的沟通。

他们似乎丝毫不怀疑,虽然今天被切割的是我们四个老人,某天被切割的对象也可能轮到他们,怎么不可能呢?有一个近视的人,一觉醒来,发现所有近视的人都将被送到别处,一个身高不符合要求的人、一个衣柜里有十件以上衣服的人、一个工资低于某个数字的人……可以有无数的切割标准,任何一种切割标准,都可能换个面孔、换个逻辑,卷土重来。与之配套的是无数个"合理理由",总有聪明的人能想出来,"这是为大家好""这是目前的重点""从长远来看"。不管眼下看起来多荒谬,时间会改变一切。

他们现在全然不知自己的命运,他们还年轻,还有很多时间,但等他们知道了,就已经没有发言的权利了。

"看看你们惹的麻烦!"虽然没说出口,但一个看起来很疲劳的人一直怒目瞪着我们,满脸写着厌恶。我敢说,只要我们四个老人中任何一人在这时提出要上厕所,或者喝水,他就会瞬间爆发,不会给我们好结果。我们都领会到这一点,尽量不发出声音。

只有一位老人,小心翼翼问道:"我的贵重物品柜里的东西……"

看起来很疲劳的人瞪圆了眼睛看着他:"都

什么时候了,还想着你的东西呢?你们什么都带不走。"

"为什么?"

"因为放不下。"一个不能称之为理由的理由,就这样被抛给我们。

我们这才真的明白了:已经没有人管我们了。同样,也就没人管他们了。

我们都不再说话了。

另外一个人面无表情地和我做最终确认,问我是否真的没有可以联系的人、可以去的地方。我回答他是的,他又问我如果我就这样离开,以后有人再来这里找我,也不可能找到,这点我是否知悉。我说知悉。

我在他指明的纸上的三处空白地方分别签署姓名。

"好了,车准备好了。"院子里有人在冲着我们的窗户喊,"来两个!"

"搞什么?不是说了吗?有四个!要四个座的!"那个很疲劳的人喊了回去。

"是四个座的,可只能放下两辆轮椅啊!挤挤,三辆,不能再多了!"对方也急了,"走吗?我上午还有另一个地方得去呢!来不及了!"

跟我做确认的那个人沉默地听完这些,立即拿起对讲机和别人说了几句什么,然后他对另外几个他的同事说:"一次走不了,只能分批了。"

"我最后走。"我立即说。我还不想走,这还不是不得不离开的时候。

"好,明天我们再来接你,今晚就在这凑合一下吧。"他说,"你挺明白事理的。这里就算什么都没有,条件也比接下来要去的地方好一点。"

我点点头。

我发现,当自己是整个流水线上的一环时,我很少去想该如何做,自己想要什么。只是匆匆跟从指令、再下一个指令。毕竟仅仅是保持不掉队,已经很吃力了。

但只要还有选择——你是今天走,还是明天走?——我就能好好想想,给出一个我认可的答案:在这里,我还有一件事想做完。

我要用完我最后一点自由。

十

琼：

我请求这里的一个工作人员，把这封信，以及贵重物品柜里的所有东西交给你，代价是他可以拿走我的手表。手表不怎么值钱，但是我的妈妈留给我的。妈妈总认为我既然决定孤独终老，就要多储备一些，以备不时之需。

我当时对她的这些话语嗤之以鼻，觉得她想太多。现在手表派上了这么大的用场，我真佩服她。

另外，我也不是随便找了一个工作人员。我观察了很久，最终和一个比较沉默、袜子后跟磨得很旧的人搭上了话，我想他应该比较缺钱，对老人也不至于很厌恶。善于观察，这也是我曾经讨厌自己的一点，可现在也派上了用场。如果随便找一个工作人员，可能我就没有机会给你写这封信了。

总之，他收下了手表，问我该怎么做，我有没有一个地址？

我说，我没有你的地址，但我相信你会再来这里找我。

他笑了，也许他觉得我精神有问题。我费了一番功夫，让他相信我，向我承诺：当一对母女来这里找我的时候，把这些东西给她们。

其实，要说服他之前，我先问了自己：一个没有亲人、没有子女的老年人消失后，会有人来找她吗？

我想起的，是很多年前，我在一个公园门口等妈妈的场景。

哥哥闯了祸，她急匆匆离开，让我在门口等着，甚至没说是哪个门口。来来往往的人盯着我看，还有一个比我大不了多少的孩子不怀好意地靠近："你在等妈妈？她不会回来了。"

我不理他，他继续装神弄鬼："你看看，这里有多少人？前门、后门、侧门加起来有多少个？她怎么可能找到你？好，就算每个门她都走一遍——你看，天马上就要黑了。等不到她回来，你就被鬼吃掉！"

他想尽办法吓唬我，我却一点都不害怕，不相信那些听起来有可能发生的坏事。我的心里只有一个想法：在这个门口等。等到妈妈来为止。

那时我问自己，一个被扔在公园的孩子，能等到妈妈回来吗？

我可以忍受很多，黑暗、饥饿、挑衅，是因为我始终相信我等的人最终会来。这种东西该叫作信念还是偏执？

是的，我相信你们会来，尽管换作任何一个人都不会这样认为。就像很多人深信不疑的东西，我总能发现漏洞。我一直提醒自己，坚持所有事，哪怕在表面上我可以随波逐流，也许是太过随波逐流了，有时候我都忘记了自己在坚持所有事。

你们出现的时候，我想漫不经心，想高高挂起。当你把心赤裸裸拿出来给我看，我第一时间感觉到的竟然是害怕，因为这么多年，我把自己的心藏得太久太深，我害怕即便我想拿出来给你，它也已经不见了。就像某种技能，多年不用，会不会已经退化了？

我怀着这种不安的心情，一点点找到了自己的心。它还在那里，并没有染灰，反而光得锃亮。

于是，我拿出了珍贵的东西给你，就像你拿出了珍贵的东西给我。感谢你们的出现，让我确认了一件事：真正珍贵的东西，不能用来交换，只能用来付出。

第一次见面,你告诉我,你的养父母发现你时,被褥里有张字条,写着你的亲生父母给你起的名字:泉。

你说,其实你的名字才是"泉",只是你的养父母觉得留着这个名字不吉利,就给你改了名,但告诉了你实情。几十年后,出于某种纪念,你不仅没有忘记这个名字,还用这个字给自己的女儿命名。

那时我就应该告诉你的,我知道这个名字的由来,但那时我必须对你戒备,所以我什么都没说。

植物百科全书,你翻到 233 页。这是我哥哥写的。

> 我们在岛上发现了一口井。不敢相信,海水包围的岛上会有井。喜欢历史的伙伴告诉我们,传说有一个岛和神圣的石山相通,泉水会从石山流到岛上。岛上唯一的婴儿,承载了我们的希望。我们一致决定给她取名"泉"。我们并非只是被海水包围,我们也包围了泉。希望她健康出生。

你能相信吗?岛上竟然有井。海水是包围了

岛,但岛也包围了泉水。

机缘巧合,你虽然有了别的名字,但最终没有丢掉这个名字,"泉"成了你女儿的名字。

知道这些明明没什么用处,但知道的时候还是觉得很开心。开心到不知道明天我将在哪里的情况下,还是最想把这件小事告诉你。

仔细想想,这是很多年来我最开心的事了。

我和你一样年纪的时候,是最不开心的时候。

别人告诉我年轻多好,也改变不了我作为年轻人的痛苦、迷惘、孤独。为了活下去不得不做的那些努力,我真心怀疑一切是否值得。那么多年,我观察、学习适应,顺利走出小圈子,来到成年人的世界,然后每天重复一样的劳动,练习为自己必须做的事赋予意义。事情早就明摆着:有一天机器会把我的工作取代,我不真的眷恋什么,也不真的热爱什么。占了我大多数时间的工作,只是为了换来食物、住所、一点娱乐,即便如此我也要活下去吗?

这曾经是我最大的疑惑,更让我难受的是,这话我没人可讲。

直到有一天,我妈妈病得很重的时候,她说想去港口散散步。港口就在我家楼下,但移动她的轮椅花了我很大功夫。最终我们在港口停下来了。

那天风很大,我给她披了厚厚的毛毯,但她还是冷得缩起了脖子。想到我们那么多次从这个港口坐船去空岛,而空岛说没就没,世界并没有为此停下脚步一秒,我毫无预兆地吐露了心声,我说:"这儿真的一件好事都没有。"

我以为妈妈会责怪我说话消极,她总是那样的,可那天她却微笑着说:"是啊,一件好事都没有。"

在我的记忆里,我们从没有那么坦诚过。

"真的值得吗?"我想那就是最后的机会了。

"我拉着你们俩的手,一边一个,你们的手很软,紧紧拉着我。"妈妈说,"我就像一阵风,遇到了其他的风。"妈妈抬起手,迎风挥动手臂。毛毯掉在了地上。

那天开始,我不再期待好事发生。我只是想象自己变成一阵风,认真拂过各处,和其他事物为伴。我充满期待,但期待的不是食物、住所、一点娱乐,而是期待下一场雨,期待新的季节,期待每一次际遇,期待一次微笑,期待多明白一点事理,甚至期待下一次撒谎更圆滑。

因为有期待,所以我克服了很多困难,活到了现在。

因为活到了现在,我才有机会遇到了你和泉,我庆幸我坚持到了现在。你们就像另一阵风,融入了我的生命，改变了我的形状。

你们也会遇到其他的风，只要你们活下去，并且期待。

我已经写得太多了，今天的运动量就到此为止。

我会一直记得你们在这里的一幕：你刚一口气说完很多话，正在喝茶。窗外的橘子树上结满了果实，枝头垂得很低。没有人来打扰，房间里不冷也不热。泉正在我脚边聚精会神地堆着积木，看样子她要垒起一座大厦。我的手抖得不能陪她玩这种游戏，但她毫不在意，她有无限可能。

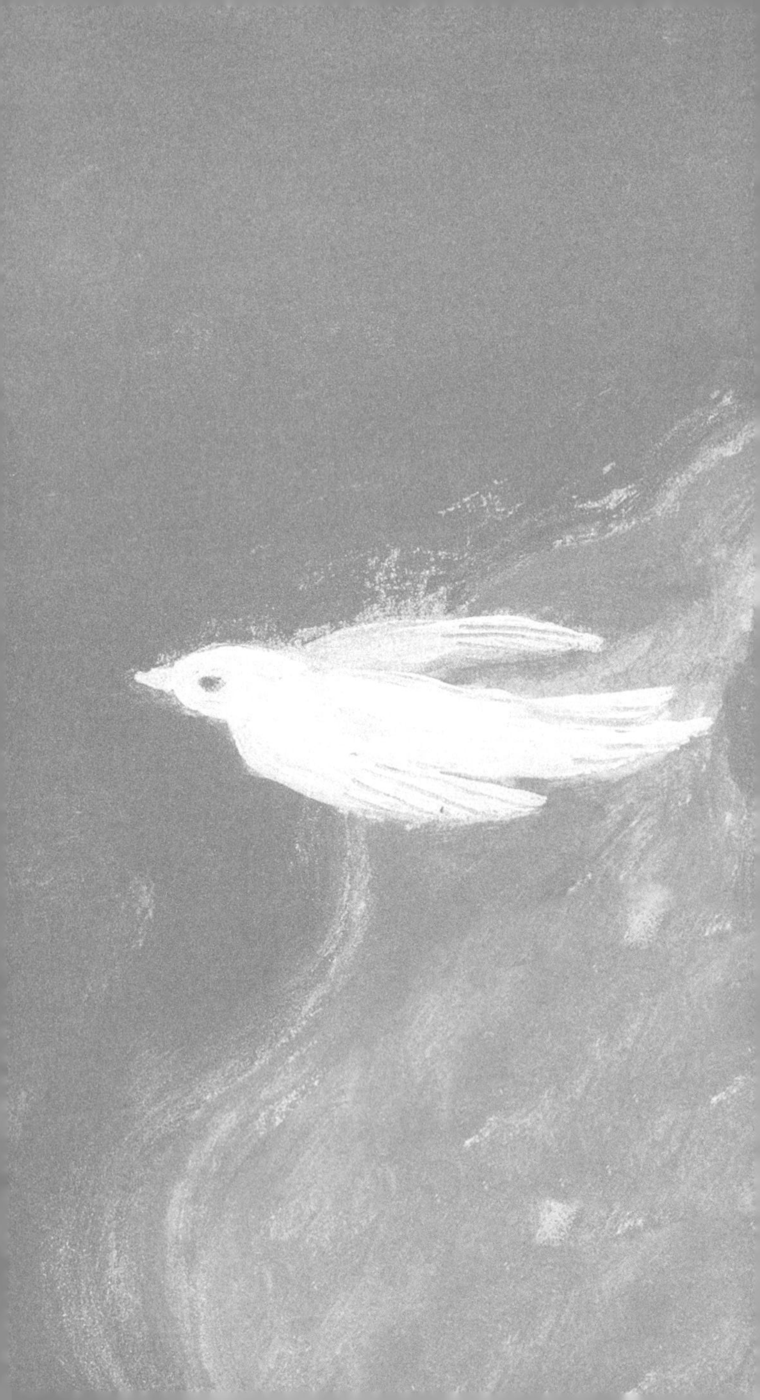

藏了又藏的小小的心

后记

我早已决定不会硬逼自己写作,一是因为那样的生活不会好受,而我有自己想保护的生活形态;二是因为我认为任务式的写作很难真诚。

我只写自己觉得非写不可,不写就会满溢的东西,当然,我也付出了我的代价,做一些与写作无关的职业,以维持生活运转。这些看似与写作无关的职业反过来又丰富了我的写作内容,不过这是别的话题了。

《水在岛中央》中有我最近关注最多的几个议题——我不在这里总结,以免影响阅读的乐趣——我把这些议题融进一个故事里,想对所有看到这个小说的人发出询问:你注意到这个问题了吗?你又是如何考虑的?

起初,我写得很快,所有我想探讨的议题都已迫不及待要蹦出纸面，初稿成了一个形状急切的草稿。这太奇怪了，因为我深知想要探讨这种问题，急切是大忌，没有什么比一个心怀不轨、目的性强的侵入物更让人排斥。至于原因，这个小说的叙述者、第一人称的"我"，我并不认识，也无感情，甚至在小说因叙述者不当而呈现出奇怪的形态后，我对此并不感到意外。

我告诉自己，初稿只是草稿，至少大部分内容已经完成。然后我只能等，等正确的叙述者出现。

直到我因为一些原因，和一些生活在养老院的老年人共处。

有位老人，每次我们见面时，她都会告诉我很多过去的事，包括某个地方的公交路线，某个时期的社会重点，推动当地改革的大事件。当我们已经算是很熟识后，有天她突然不再坚持要坐在椅子上了，她半躺成一个舒适的、但不算体面的姿态，和我说起了她的兄弟姐妹，她是如何和一个小妹妹偷偷舔了家里唯一一块糖，又悄悄放回去的。

这是我这一年里经历过的最觉动人的瞬间。我清晰地看到人和人之间的屏障倒塌，她信任我。我想起，她曾试探地问我，她有没有浪费我的时间？换言之，她害怕她没有给我想要的，这有可能导致我不再需要她。为什么害怕这一点？因为她住在养老院,没有别的人来看她。我也一直知道,在这天之前,她尽量在我来的时候坐在椅子上,尽管这不会比躺着让她好受,她仍希望留给我"体力还行"的印象。

我也反思,如今我们总在追求效率,听人讲话恨不得立即抓到重点,可悖论是,如果我们缺乏倾听的能力,我们可能不会听到真正的重点,因为对方最终会选择不说。我不是也有许多类似的体验吗?我当然不会天真地倾囊而出,很多时候,我会根据对方的表情来判断他究竟想不想听。当对方稍微不耐烦,我会决定:不把珍重的说出来,以免他的表情真正伤害我。

有时候我们不能理解一个人,只是因为我们没有耐心听完他的话,熬过寒暄和空洞、沉默和难堪,才有可能被听到的那些话。

总之,我找到了我的叙述者,我看得清她住的房间有几平方米、她的自尊体现在哪些细节。我想象她如何尽力摸清状况、回应别人的期待,以及自嘲——再难听的话,从自己嘴里讲出来杀伤力也会比较小。我也想象她如何自处,当她柔软的心悄悄打开一条缝,我想我知道里面藏着什么。

她的叙述,就是《水在岛中央》。

图书在版编目（CIP）数据

水在岛中央 / 李停著. -- 上海：上海文艺出版社，2025. -- ISBN 978-7-5321-9275-5

Ⅰ. I247.5

中国国家版本馆CIP数据核字第20259XD801号

策划统筹：江　晔
责任编辑：江　晔　解文佳
特约编辑：一　言
装帧设计：付诗意
书籍插画：宁大侠

书　　名：水在岛中央
作　　者：李　停
出　　版：上海世纪出版集团　上海文艺出版社
地　　址：上海市闵行区号景路159弄A座2楼 201101
发　　行：上海文艺出版社发行中心
　　　　　上海市闵行区号景路159弄A座2楼206室 201101 www.ewen.co
印　　刷：苏州市越洋印刷有限公司
开　　本：1092×787 1/32
印　　张：10.25
字　　数：158,000
印　　次：2025年6月第1版 2025年6月第1次印刷
ＩＳＢＮ：978-7-5321-9275-5/I.7275
定　　价：59.00元
告 读 者：如发现本书有质量问题请与印刷厂质量科联系　T：0512-68180628